Mi vida robada

Carla Guelfenbein

Mi vida robada

ALFAGUARA

Papel certificado por el Forest Stewardship Council®

MIXTO
Papel | Apoyando la silvicultura responsable
FSC® C117695

Penguin Random House Grupo Editorial

Primera edición: abril de 2025

Printed in Spain – Impreso en España

ISBN: 978-84-10496-32-3
Depósito legal: B-2746-2025

Impreso en Limpergraf, Barberà del Vallès (Barcelona)

AL96323

Para Karen Poniachik

Buscar. No es un verbo sino un vértigo.
No indica acción. No quiere decir ir al encuentro
de alguien sino yacer porque alguien no viene.

ALEJANDRA PIZARNIK

(She went)

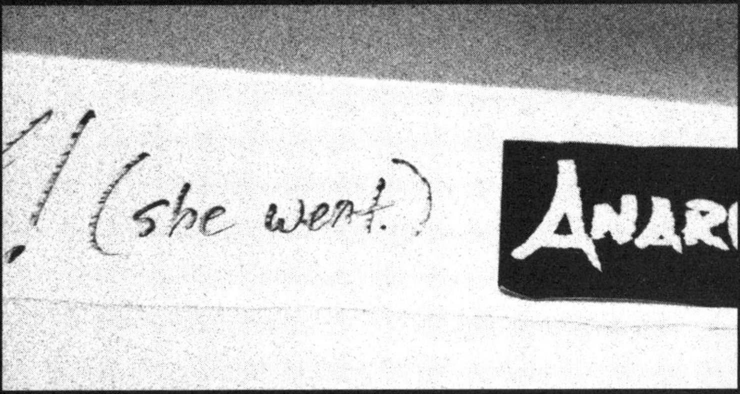

(Ella se fue)

Fue el profesor Black quien me llamó para comunicarme que habías desaparecido. Sí, el famoso profesor del cual tú nos hablabas cuando aún nos escribías. Me contó que hacía tres semanas que no llegabas a hacer tus clases. Pensó que se trataba de uno de tus *blues*, esos que cada cierto tiempo te arrojaban a la cama y a las series policiales. Les preguntó por ti a tus amigos, a tus colegas y a los miembros de tu séquito, pero nadie te había visto. Por eso le pidió a uno de sus estudiantes que fuera a tu departamento. Después de tocar el timbre un buen rato, el chico habló con el conserje, a quien por suerte tú le habías dejado una llave. Raro en ti, aquel acto de confianza en el prójimo. Entraron, y un olor nauseabundo los golpeó. En la cocina encontraron una bolsa de basura destripada cuyo contenido yacía desparramado en el suelo. Pescado podrido, alimentos cuyos hongos habían hecho desaparecer su identidad, cajas de leche vacías, trozos de vidrio, facturas y otros papeles de índole incierta. Notaron que la ventana de la cocina estaba abierta, por lo que dedujeron que los destrozos debían ser obra de un gato. El resto de tu departamento tenía la pulcritud y el desamparo de un desalojo. No había ningún libro abierto, ni una taza de café sobre la mesa, ni una escobilla de dientes en el baño, ni una flor muerta en el florero de la sala. Los clósets y cajones estaban prácticamente vacíos. Limpiaron la cocina, sacaron la basura, y el estudiante llamó al profesor Black.

Yo había visto hacía unos días una película en la que una concertista de piano retirada decide vivir dentro de una furgoneta maloliente aparcada en una calle de Londres por el resto de sus días. Te imaginé en la esquina de un andén del *subway*, acurrucada dentro de una caja de cartón, los ojos sucios, mientras el tumulto de las cinco de la tarde te atravesaba sin verte. Pero esa no eras tú. No, señora. Este debía ser otro de tus juegos, uno de esos con que divertías a tu corte. Y esta vez yo lo iba a jugar contigo. Desde el instante en que escuché al profesor Black, supe que saldría en tu busca.

Llamé al editor cultural del periódico donde trabajaba y le dije que le enviaría la reseña de esa semana con unos días de retraso. Era una novela cuyo deprimido protagonista vagaba fumando y bebiendo en los bares de un pueblo perdido en un país sin nombre, intentando tirarse en su «desgracia» a cuanta mujer huérfana de amores encontrara. Me estaba sacando de quicio y ya había incubado los argumentos para destruirla. Juan, el editor cultural, me soltó una perorata que no recuerdo, porque mientras él hablaba yo ya estaba comprando el pasaje a Nueva York en mi computadora, al tiempo que hacía una anotación mental en mi libreta de tareas: Mantener las ilusiones a raya.

* * *

El día antes de dejarnos, pasaste la tarde sentada en tu silla mecedora con la mirada perdida en el muro del patio donde crecían tus azucenas. Esas flores delicadas y elegantes —tanto más sofisticadas que papá, José y yo— eran los únicos seres vivos que mimabas.

A pesar de que han transcurrido más de veinte años desde entonces, lo recuerdo bien. Fue el sábado del incendio. Estábamos en la sala cuando de pronto escuchamos unos gritos que provenían del pasaje. Papá, José y yo salimos a mirar lo que ocurría. La casa de los Romero —la más bonita de nuestro alicaído pasaje— se consumía en el fuego. Todos corrían de un lado a otro, desesperados, trayendo mangueras, bidones de agua, hasta que llegaron los bomberos y nos pidieron que nos alejáramos. Entonces rodeamos a los Romero y los abrazamos y nos abrazamos entre nosotros consternados, llorando, hasta que los bomberos lograron apagar el fuego.

Cuando regresamos a casa tú habías vuelto a sentarte frente a tus flores con los ojos perdidos tras mirar un rato lo que ocurría. Quise abrazarte para espantar el horror, pero había en ti una distancia que me detuvo. Tuve la impresión de estar ante un animal salvaje que en cualquier momento se desprendería de sus vestiduras de domesticidad, y sentí miedo.

A la mañana siguiente, tú habías desaparecido. Te busqué en cada rincón de la casa, salí al pasaje, a la calle, acaso presintiendo lo que pronto descubriría. Para tranquilizarnos, papá nos dijo que estarías de vuelta en un par de semanas. Pero él ya sabía que no volverías. Lo vi en sus ojos.

We are so so ~~amazing people~~ accidental

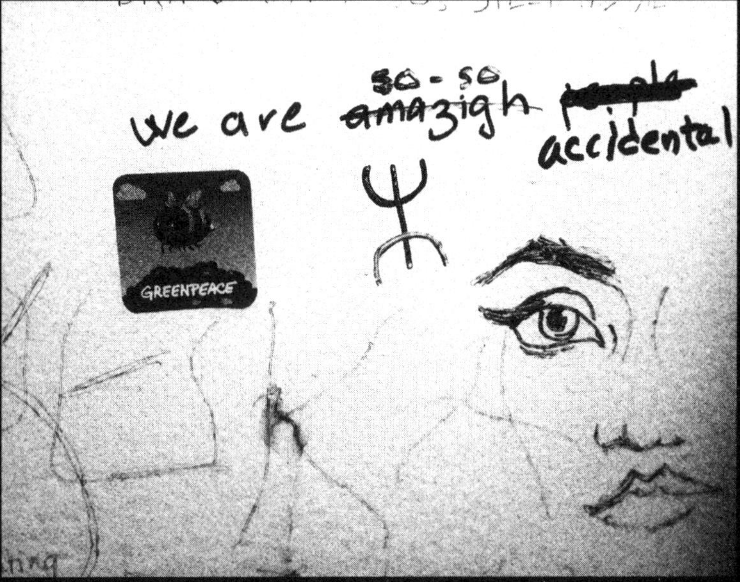

Somos ~~personas~~ tan tan ~~excepcionales~~ accidentales

Caminé empujando la maleta con una mano —la otra agarrada a la correa de mi mochila— desde la estación del *subway* hasta la calle 119 en medio de una lluvia furiosa.

Un río corría por las veredas y una cortina de agua se dejaba caer con la saña de un ataque aéreo. No me sorprendió que la mala fortuna me siguiera hasta las calles de Manhattan. Era la primera vez que estaba en esta ciudad, sin contar esa ocasión —a los nueve años— en que la policía estadounidense nos subió a mi hermano José y a mí en un vuelo de regreso a Chile sin haber siquiera cruzado las puertas del aeropuerto JFK. Pero esa es otra historia.

Un chico me aguardaba bajo el alero de tu edificio. Llevaba un impermeable verde, de esos que suelen usar los escoceses para salir a cazar en sus campiñas, que le daba una apariencia casual y aristocrática, exacerbada por sus rizos castaños que caían tras sus orejas blancas y perfectas.

—Hola, soy Langton McCuller —dijo, y emitió un extraño chasquido con la lengua. Luego me miró de arriba abajo.

Empapada como estaba y sin haber pegado un ojo en el avión, mi apariencia debió ser aún más patética de lo usual. Pobre alma. De seguro había fantaseado con una versión joven y mejorada de ti. Un polvo latino con la hija de la gran Biba.

Había entendido hacía tiempo, terapia tras terapia, que nunca llegaría a tener tu *glamour*, tus curvas, tus gestos histriónicos de diva, tu porte y tu desplante, tu gloriosa cabellera que con los años se había vuelto cana sin perder ni un ápice de su esplendor. Qué epítetos, ¿verdad? Son los que me acompañaron en mi niñez y adolescencia después de que tú decidieras que esa vida de «señora bien» a ti no te venía bien, que al lado de mi padre y de tus hijos serías siempre desgraciada.

Langton McCuller subió mi maleta los cinco pisos sin escaleras y entramos juntos a tu departamento. A pesar de que el profesor Black me lo había advertido, me impresionó su desnudez.

—Bob, el conserje que me dio la llave, no viene todos los días —me explicó Langton McCuller—, pero lo podrás reconocer porque lleva un parche en el ojo. Me dijo que Biba tiene un buen amigo aquí en el edificio, un tal Simón Greenberg. Aparentemente no está en New York ahora. Tiene una hija sordomuda.

Yo asentí sin decir palabra.

—¿Estás bien? ¿Necesitas algo? —me preguntó en un tono cauteloso.

Debió intuir el terror que me asaltó de pronto de quedarme sola en ese departamento que se suponía era tuyo, pero en donde me sentí la más extraña de las extrañas, una usurpadora casi. De haber podido le hubiera dicho que no, que no estaba bien en absoluto, que precisaba que se quedara conmigo las próximas horas, los próximos días y meses y, por qué no, el resto de mi vida.

—Sí, claro, estoy bien. —Sonreí con los labios tirantes.

Desde niña creí que la desventura debía traer consigo una recompensa, como el último enano de la fila que bajo el brazo trae una pepita de oro. Y si eso no ocurría, si no me tocaba la pepita de oro, al menos las desgracias debían tener un sentido que aparecería en el momento menos pensado. Y si todo eso fallaba, estaba la posibilidad de que el desconsuelo me permitiera ver el mundo con más lucidez y compasión y me volviera una mejor persona. Sin embargo, a mis treinta años aún no había experimentado ninguna de esas revelaciones, y dada mi naturaleza nihilista era poco probable que algo así aconteciera.

Pero para mi sorpresa, después de que Langton McCuller partiera y yo me quedara en medio de la sala aún aferrada a mi mochila, me llegó la primera revelación. No voy a decir que los cielos se rasgaron y los dioses se abrieron paso entre las nubes, aunque sin duda algo ocurrió. De pronto entendí que mis consecutivas desventuras, así como los escasos regalos que me otorgaba la vida, no eran más que meros accidentes. Accidentes del destino. Lo que significaba que, también por accidente, todo podía cambiar.

Prendí la calefacción y di varias vueltas por tu diminuto y desamparado departamento para entrar en calor. Hasta que un cansancio monumental se dejó caer sobre mí. Sin desvestirme me recosté sobre tu cama, me cubrí con mi abrigo e intenté dormir. Pero entonces un ruido detonó en mis oídos. La cornisa que estaba sobre tu ventana se había desprendido con la tormenta y sujeta de un solo punto se golpeaba salvajemente contra el muro de cemento. Abría la ventana para intentar cogerla —un acto vano frente a la fuerza del viento y la lluvia— cuando un relámpago estalló sobre mi cabeza, seguido del retumbar ensordecedor de un trueno. Me acuclillé en el suelo, me hice un ovillo y me tapé los oídos. Esta debía ser la segunda revelación. Lo difícil era saber de qué.

Dinosaurs never existed

Los dinosaurios nunca existieron

¿Dónde estaban tus candelabros de plata, tu vajilla de porcelana, tus manteles bordados a mano, tus joyas, tu cama con dosel, tus vestiduras de seda, tu espejo ovalado ante el cual todas las noches te untabas el rostro con cremas para resguardar la lozanía que el tiempo amenazaba con quitarte? ¿Dónde estaba esa vida de estrella que yo había imaginado para ti? ¿Era acaso posible que nunca hubiera existido?

Lo único que me remitía a la mujer que me había perseguido en mis sueños eran las fotografías que habías colgado frente a tu cama, tal vez para observarte a ti misma antes de cerrar los ojos por la noche. Imágenes que te muestran aún joven, siempre riendo, con una copa en la mano, tus aros de brillantes absorbiendo la luz de los tantos ojos que te adoraban. Esa era la Biba que en oleadas había llegado hasta la baldía orilla de nuestra familia.

Calculé que llevabas viviendo en ese departamento al menos catorce años. Sin embargo, tu mobiliario se reducía a un juego de comedor de una madera liviana, un sillón rojo y un par de butacas de líneas simples que parecían haber sido compradas el mes pasado en IKEA, además de varias cajas de libros apiladas contra un muro con la apariencia de haber sido picoteadas por una bandada de cuervos. El único vestigio de vida era un bonsái que se alzaba sobre el escritorio, junto a la ventana de la sala, cual vástago olvidado en una huida precipitada. Era un *Acer palmatum*, uno de esos arbolitos que papá cultivaba con tanto esmero y que tú detestabas con toda tu alma, pero que a la vez compadecías por su condición de seres vivos mutilados. Arrimado a un rincón estaba tu tocadiscos Sony, el que te llevaste contigo cuando partiste de casa, la aguja detenida en el vinilo de un tal Pat Boone. Lo encendí. Entre los sonidos ásperos que emitían los parlantes, escuché la voz desconocida y melódica del señor Boone. *You made me cry / When you said goodbye / Ain't that a shame? / My tears fell like rain.*

A través de las ventanas cubiertas de polvo y arañadas por el agua, alcanzaba a ver el único árbol del patio interior doblegado por el viento. Te imaginé asomada a esa misma ventana. ¿Era este departamento de dos cuartos desolados el mundo que nos habías ocultado con tanto celo? No lloraba por ti. Hacía tiempo que había dejado de hacerlo. Lloraba porque no había nada en mi vida que no hubiera hecho para ti. Mis afanes de escritora con el fin de alcanzarte en tu fama, las pequeñas transgresiones (porque nunca tuve agallas para las grandes), los amores incompletos y las traiciones para emular las tuyas, todo lo había hecho para tus ojos escrutadores y mordaces. Porque sí, a pesar de tu distancia, un ojo tuyo estaba siempre puesto sobre nosotros. Sobre mí. Había en las cartas que me enviabas y luego en tus mails un sabor amargo, decepcionado, como si una parte de ti se hubiera quedado atrás, un miembro flojo de tu propio cuerpo del cual con gusto te hubieras desprendido de haber podido.

* * *

Es el día de mi examen de grado para recibirme como periodista. Me he vestido con un traje de dos piezas que me queda grande y me da un aire de secretaria pobre. El examen va bien. Más que bien. Salgo de la sala con una sensación de poderío. Lucidez, conocimiento, seguridad, ironía, atributos que admiro en mis escritores amados, se han depositado en mí este día. A pesar de que eres prácticamente una desconocida para mí, apenas llego a casa te llamo.

—A ver, a ver, tanta euforia me resulta sospechosa, Lola —oigo que me dices con tu voz rasposa. Te imagino sentada en una esplendorosa *chaise longue*, en un esplendoroso departamento, mirando una esplendorosa primavera en Central Park—. Me preocupa. ¿Estás viendo a algún psiquiatra?

Después de cortar me quedo varios segundos con el auricular pegado a la oreja, sintiendo el peso del plomo que has vertido sobre mis alas.

* * *

Tomé mi celular y marqué el número de Black. Era el único punto de referencia que tenía para comenzar a buscarte. Sobre tu escritorio, el bonsái parecía querer huir de su maceta. Había algo en él, algo invisible, que me inquietaba. Black me pidió que nos encontráramos a la mañana siguiente en un café llamado The Hungarian Pastry Shop, en la calle Ámsterdam, a las doce y media.

Expect a miracle today

Espera un milagro hoy

Entré al Hungarian Pastry Shop y busqué con la mirada a un hombre alto y viejo, vestido con una desgastada pero fina chaqueta de *tweed.* Esa era la imagen que a lo largo de los años me había hecho del profesor Black, el gran amigo de mi madre. En las mesas, pegadas unas a otras, grupos de jóvenes conversaban, leían y trabajaban en sus computadores. Ostentaban, con sus gestos seguros y su irritante lozanía, la conciencia absoluta que tenían de sus privilegios y su juventud. El aire era cálido y un poco dulce. Las luces arrojaban un reconfortante resplandor amarillo.

Al fondo vi una mano alzarse y luego a un hombre peinado a la gomina cuyo rostro parecía no tener edad. Me abrí paso entre las mesas y me acerqué.

—Santiago Blanco —se presentó. Ante mi evidente desconcierto, señaló—: Tu madre me llama profesor Black.

—Ya veo —dije.

—¿Quieres un café y un *kréme*? Aquí hacen los mejores de Manhattan. —Desplegó una sonrisa que transformó su rostro ajado en el de un adolescente. No tenía idea qué era un *kréme* pero de igual forma acepté. Salió de su rincón y entonces lo vi en toda su pequeña magnitud.

Tenía la altura y complexión de un niño, y vestía un traje color crema de perfecta y anticuada hechura. Sus zapatos de cordones eran también claros, como los de los bailarines de tap—. Espérame aquí, ya los pido.

A un par de mesas de la nuestra un chico extendió el puño con el pulgar hacia arriba y exhaló un gritito de euforia a lo que sus compañeros respondieron con vítores.

—¿Puedo llamarte Black? —le pregunté cuando estuvo de vuelta en nuestra mesa.

—Por supuesto. —Sonrió brevemente—. Esto es terrible, Lola. Imagínate, desapareció de un día para otro. Hubiera esperado cualquier cosa de Biba, pero no esto.

—¿Blancóu?, ¿Blancóu? —oímos gritar a una chica de trenzas, con una bandeja suspendida sobre su cabeza, que se abría paso entre las mesas con un aire de danza, de exhibición casi festiva, balanceando sus curvas como solo las muchachas que se saben hermosas pueden hacerlo.

—*Here!* —gritó Black.

La chica depositó en nuestra mesa dos tazas de café y dos pasteles de finas láminas de masa con un relleno de crema de casi ocho centímetros de altura cubierto con un glaseado de caramelo. Después de saludar efusivamente a Black y a un par de chicos que estaban sentados a una mesa contigua, se alejó con su irritante bamboleo.

—¿Y nadie ha sabido de ella?

—Contacté a todos nuestros amigos comunes, nuestros colegas en el departamento de teatro, a sus estudiantes, a todos.

—¿Y sus clases?

—Dejó todo botado. Incluso una obra que ensayaba y que ella misma escribió. Sus estudiantes me dijeron que estaba muy entusiasmada con los ensayos. —Permanecimos unos segundos en silencio—. Y sí. También di aviso de su desaparición a la policía. No está en ninguno de «esos» lugares.

—Bueno, eso es un alivio. Pero ¿ni siquiera tienes una mínima idea de por dónde podríamos empezar a buscarla?

—Me temo que no. —Movió la cabeza con expresión derrotada.

—Langton McCuller mencionó a un vecino, un tal Simón Greenberg, de quien aparentemente ella es amiga. ¿La oíste hablar de él alguna vez? —le pregunté.

—No, para nada, ¿quién es?

—Vive en su mismo edificio. Pero no he podido hablar con él porque está de viaje.

Nos quedamos un buen rato sin decir palabra, desanimados, dándoles sorbitos a nuestros cafés, hasta que Black empezó a contarme cómo había conocido a mi madre.

—Una tarde yo subía las escaleras de la Biblioteca Butler en Columbia, cuando una mujer esplendorosa que leía sentada en el césped sobre una manta me llamó. «*Hey, you, come here!*». Así, con ese desplante tan suyo, autoritario y a la vez seductor, que hace imposible cualquier forma de resistencia. Supongo que no necesito decirte cómo es tu madre.

Yo asentí. Conocía bien ese desplante, de niña había sido su víctima. Pero eso a Black no tenía por qué importarle.

—Yo tenía veintiséis años y trabajaba como repartidor de comida. En mis ratos libres solía ir a Columbia a subir las imponentes escaleras de la biblioteca aparentando tener un cometido crucial que cumplir, para luego bajarlas con la misma premura. Adoraba el sentimiento fugaz de ser parte de ese lugar donde se educaba la gente bonita, inteligente y rica que cambiaba el curso del mundo. Ese mismo día, sentados sobre la manta de Biba, cual amigos íntimos, le confesé mi pantomima. Las suyas fueron las palabras más dulces que alguien me había dedicado nunca. Me dijo que lo que yo hacía era un acto poético.

Recordé las tantas veces que yo misma había simulado premura —sin ninguna poesía, claro— aparentando ser una mujer colmada de compromisos y amantes y con una bandeja de entrada llena de correos aguardándome en casa.

—¿Te das cuenta? Un acto poético. Cuando lo único que yo quería era sentir, por un instante, uno tan solo, que había salido de los sótanos donde mis padres y mis abuelos habían vivido enterrados.

Pronunció estas últimas palabras entrecerrando los ojos como si fuera algo que estuviera viendo en la oscuridad.

—No sé qué vio Biba en mí. Según ella le parecí buenmozo. Pero tú entenderás que nada puede explicar que alguien como Biba considerara que un renacuajo como yo tuviera ni la más lejana reminiscencia de esos hombres a los que se suele llamar buenosmozos. En fin, las razones por las cuales desde sus alturas Biba acudió a rescatarme permanecen ocultas. Uno más de sus secretos.

Volvía a estar de acuerdo con él.

—Para que no siguiera vagando por la universidad, Biba convenció a sus colegas de que inventaran un trabajo para mí. Y así lo hicieron. Mi labor consistía en ayudar a los profesores del MFA en sus menudencias. Fotocopiar sus clases y sus *papers*, pagar sus cuentas cuando estaban a punto de cortarles la electricidad o el agua, ordenar las sillas de sus aulas de la forma que ellos me indicaban, ir a dejar libros a la biblioteca, en fin, ya sabes, esas cosas que a ningún *professor* le gusta hacer. Para mí era el cielo, además, porque con Biba empezamos a vernos con frecuencia. Decía que estar conmigo la hacía feliz. ¿Te das cuenta? A veces nos poníamos el vestuario de las obras que montaban los estudiantes y llegábamos disfrazados a estrenos y recepciones. —Miró hacia adelante, al mismísimo aire, con una expresión de nostalgia y luego dijo—: Éramos divinos.

No pude dejar de preguntarme por qué Black me contaba esas anécdotas que, a mi entender, no guardaban relación alguna con lo que nos convocaba: pensar juntos cómo encontrar a mi madre. Debía haber una forma de desentrañar el misterio de su desaparición. Solo había que buscarla. Pero él parecía tan agradecido de poder compartir sus recuerdos con alguien, que no tuve corazón para detenerlo. No era la primera vez que me ocurría. Las personas suelen hablarme como si yo fuera su psiquiatra o un muro, soltando sus más oscuros secretos para salir al rato de lo más campantes, mientras yo me quedo indignada y frustrada por no haber sido capaz de detener sus retahílas.

—Había algo increíblemente excitante en nuestros cambios de identidad. Era como si en lugar de ocultarnos tras las vestimentas, nuestro ser más real encontrara a través de ellas un camino de libertad.

Suspiró, echó la cabeza hacia atrás, y la luz ambarina de la lámpara que pendía sobre nosotros dejó al descubierto su rostro surcado por finas líneas, como las de un mapa.

—Y, aunque te pueda parecer extraño, era Biba quien más gozaba esas metamorfosis. Despojada de la apariencia con que el mundo la identificaba y catalogaba, toda su arrogancia y sus certezas casi irritantes desaparecían. Recuerdo una ocasión en que un actorcillo de poca monta, en un bar, comenzó a hablar de Biba López sin percatarse de que estaba ante ella. Decía que era una pésima actriz y que no entendía por qué todos la veneraban. Biba, en lugar de lanzarle un par de pachotadas que lo hubieran dejado arrastrándose por el piso, no solo lo escuchó atentamente, sino que le preguntó por qué pensaba eso. El chico, halagado por la atención que esa mujer majestuosa le otorgaba, se explayó en una sucesión de lugares comunes y terminó enredándose en sus propios argumentos hasta que enmudeció. Creo que fue en ese instante que se dio cuenta de lo que había hecho, y te juro que se arrodilló ante ella deshaciéndose en disculpas. «Cada uno es libre de pensar lo que quiera del otro», le dijo Biba, «además, tal vez tengas razón».

Pedimos otro par de cafés a la misma chica de trenzas. Mientras conversábamos, el lugar se había casi vaciado. Un joven que entró tropezándose con uno de los escalones del acceso se sentó con una calma vacuna a una de las mesas y enterró su rostro cremoso en un libro. No sé por qué tuve la impresión de que se ocultaba. Ambos lo miramos y luego Black siguió hablando.

—Junto a Biba, los hombres que antes ni siquiera se hubieran percatado de mi existencia, ahora me pretendían. Es un fenómeno interesante, porque yo no había cambiado. A excepción de esas indumentarias teatrales que usábamos, yo seguía siendo el Santiago Blanco maltrecho y pobre de siempre. Sin embargo, alumbrado por los focos de Biba, me había vuelto un sujeto deseable. —Pronunciaba las palabras con lentitud, como si las acariciara; era evidente que esta parte de la historia lo hacía feliz—. Muchas noches yo desaparecía en medio de un evento, y al otro día ella me aguardaba expectante para que le contara mis andanzas. Decía que me lo merecía, que el placer del amor había llegado a mí muy tarde y que tenía que aprovecharlo antes de que desapareciera.

—¿Y Biba? ¿Tiene algún amor? —me aventuré a preguntar. Sentí que una sonrisita afectada se me grababa en la boca y me endurecía las mejillas.

—En ese entonces los tenía a raudales. —Me miró inseguro, sopesando el efecto de sus palabras—. ¿Qué pasa con ella ahora?, no lo sé.

—¿No son tan amigos, acaso?

—Desde hace tiempo que apenas me habla.

—¿Qué quieres decir?

—Es una larga historia, Lola, me resultaría difícil ser ecuánime.

Parecía cansado.

—No me importa que no seas ecuánime. Nadie lo es. Además, ya estamos en esto.

Sacudió la cabeza y luego retomó el hilo del relato.

—Mientras trabajaba de junior, comencé a asistir a clases de teatro y literatura como oyente. Los profesores me conocían, sabían de mi amistad con Biba y me dejaban asistir a sus clases. Al cabo de unos años, había hecho la carrera de teatro y también la de literatura comparada, sin papeles ni títulos, claro. Y me puse a escribir. Obras sencillas al principio y luego otras más complejas.

El profesor Black volvía a hablar de sí mismo. Había cruzado un continente para descubrir dónde diablos se había metido mi madre, y allí estaba, escuchando la historia de un tipo que hasta hacía un par de horas no conocía y me importaba un carajo. Tenía la sensación de que en cualquier instante podría esfumarme y él seguiría hablando sin notarlo. Hice una anotación mental en mi libreta de notas: Existir.

—Hasta que, con el pasar de los años, mi nombre comenzó a oírse en los círculos alternativos. Biba estaba dichosa. Sentía que yo era un fruto suyo y, de alguna forma, lo era. Ahora cuando llegábamos juntos a las recepciones no era tan solo a ella a quien celebraban, admiraban y envidiaban, sino también al renacuajo con quien la habían visto esos años.

Sonrió subrepticiamente, como si se avergonzara de lo que acababa de decir.

—¿Estás seguro?

—¿De qué?

—De que ella estaba dichosa.

—Lo estaba. Hasta que todo se fue al carajo. —Por un instante cerró los ojos, como si huyera de una imagen cegadora—. Fue cuando escribí una obra, por lejos la mejor que he escrito nunca, y no había un papel para ella. Era demasiado mayor para desempeñar el rol principal, pero también demasiado teatral. Necesitaba una mujer que trajera el ritmo y el espíritu de la calle. Se estrenó en el Kraine Theater. Biba asistió vestida de reina como en nuestros antiguos tiempos, pero entre nosotros ya nada volvió a ser lo mismo. La obra fue premiada con el Mimi Award, ya sabes, uno de los premios más importantes que puede recibir un dramaturgo aquí. Yo sé que se alegraba por mí, pero en el fondo no me perdonaba no haberla llevado conmigo hasta la cumbre de la montaña, mientras su carrera se estaba desmoronando. Después de ese episodio se alejó de mí. —Le tembló la barbilla y se le quebró la voz. Siguió hablando sin secarse las lágrimas que le caían por las mejillas, sin pudor, como un héroe homérico, un héroe escuálido y viejo, pero héroe al fin—. Ahora ya no contesta mis llamadas y si nos encontramos en algún lugar, me habla con una distancia fría que me parte el corazón.

No habíamos tocado nuestros *krémes*. Enterré el tenedor en el glaseado de caramelo y Black hizo lo mismo. Comimos en silencio. El lugar había vuelto a poblarse de estudiantes.

—Está muy bien que ella te haya sacado del sótano —dije al cabo de un rato—. Pero lo que no sabe usted, estimado profesor Black, es que tiene estrictamente prohibido opacarla. No soporta que alguien le haga sombra.

—Pero no es tan sencillo, Lola. Biba tiene una relación compleja con el éxito. Por un lado, lo añora, lo busca, se aferra a él, pero por otro, lo desprecia. Truman Capote, cerca de su muerte, se preguntaba qué había hecho mal.

Según él, había alcanzado la celebridad demasiado joven. Comparaba el éxito con una tortuga vuelta boca arriba que todo el mundo mima —los *flashes*, los amantes, los amigos—, mientras que ella, con el caparazón contra el suelo, es incapaz de volver a ponerse de pie y caminar. Biba siempre le temió a ese estado de indefensión en que te deja el éxito.

—¿Temes por ella? —le pregunté.

—No sé. De verdad no lo sé. —Parpadeó con fuerza y pensé que se iba a largar a llorar otra vez. Me eché otro pedazo de *kréme* a la boca para no tener que presenciar sus emociones desbordadas.

—¿Tienes alguna idea qué pasó con todas sus cosas? Su departamento está casi vacío. Es como si viviera en un lugar transitorio.

—Nunca he estado en su departamento.

—¿Nunca?

—Una vez estuvo enferma y me amenazó con quitarme el saludo si intentaba ir a verla.

—Misterios, misterios —dije cabreada.

Me miró un instante y luego dijo:

—Pensé que era importante que supieras lo que tu madre hizo por mí. Sé que han tenido algunos problemas, tú y ella.

—¿Algunos problemas? ¿Es así como lo pone ella? Mira, Black, yo no he tenido madre, así de simple. Apenas un fantasma. Y no sé qué estoy haciendo aquí, porque lo cierto es que me da lo mismo lo que le pase.

—Me puedo imaginar de dónde viene toda esa rabia.

—¿Hablas en serio?

—Sí. A veces yo también la odio.

La conversación comenzaba a ponerse interesante cuando Black miró su reloj y me dijo que debía irse, que lo disculpara, que el tiempo se le había pasado volando y que ya estaba atrasado.

Nos despedíamos en las puertas del Hungarian Pastry Shop, cuando nos topamos con un hombrón de prominente panza y suspensores rojos. Black lo saludó apurado, pero el hombre se detuvo y me miró fijamente.

—Tú eres Lola, ¿verdad? —preguntó.

—Sí, sí —dije—. Soy Lola.

—Es que eres igual a tu madre.

¿Igual a Biba? O él estaba loco o lo estaba yo. Por un lado, me sentía halagada, pero por el otro, despreciaba la idea de parecerme a ella.

—Soy John, amigo de tu madre.

Tenía la voz quebrada. Era extraño ver al borde de las lágrimas a un hombre de sus dimensiones. Miró a Black con una expresión implorante, y Black le dijo que no, que Biba no había aparecido. Black me cogió de un brazo y se despidió de él. Era evidente que el hombre no le agradaba.

Fue entonces que vi el afiche que estaba pegado a un costado de la ventana del café:

Expect a miracle today

Era exactamente lo que venía necesitando hacía tiempo en mi vida. Un milagro. Cualquiera fuera. Nunca hay que desdeñar una señal divina como esa. Por el contrario, una siempre debería correr hacia ellas, agarrarlas del pescuezo y no soltarlas.

* * *

Tengo nueve años y José diez. Mamá nos ha enviado pasajes para que viajemos a Nueva York al estreno de su primera obra. Es la primera vez que estaremos con ella desde que partió, hace casi dos años. En mi duermevela, pienso que los milagros existen, que alguien allá arriba ha escuchado mis plegarias. Los preparativos en casa son exhaustivos. Mis tías están a cargo de nuestra vestimenta y equipajes. La tía Rosa propone para el estreno un vestido lila para mí y un traje gris para José. La tía Flora trae fotos de Shirley Temple con sus rizos dorados y propone que me tiñan el pelo. Papá se oculta en su taller de carpintería del sótano para olvidar que sus dos retoños serán secuestrados por la Reina de las Nieves. En tanto, José y yo nos pavoneamos de nuestro viaje a Nueva York y de nuestra madre con nuestros amigos. Llega el día de partir. Toda la familia, más un par de vecinos del pasaje que no quieren por nada del mundo perderse el acontecimiento, nos acompañan al aeropuerto. Nos subimos al avión y nos quedamos dormidos. Llegamos a JFK la mañana del 8 de septiembre. El sol resplandece. Una amable azafata nos acompaña hasta que recogemos nuestras maletas de la cinta. José y yo salimos pulcramente vestidos como dos chicos sacados de un periódico de pueblo, y nos sentamos ante la puerta de salida como nos indicó papá que hiciéramos. «No se muevan de ahí hasta que su madre los recoja». Son las ocho de la mañana. Llegan las diez, las doce, hasta que se hace de noche. El aire es pesado, como si hubiera sido exhalado muchas veces. Dormimos acurrucados en una banqueta. Por la madrugada un guardia da aviso a la policía del aeropuerto. No tenemos las señas de mi madre, aparte de su nombre y el de la obra. Antes del amanecer del día siguiente, nos suben a un avión y nos mandan de vuelta a Chile.

* * *

Había avanzado una cuadra cuando sonó mi celular. Era Black. El asfalto de la calle relucía en el aire húmedo, un aire sombrío que congelaba las fachadas de los edificios y hacía que el cielo pareciera denso y plano.

—Hay algo que no te dije.

Me detuve a un costado de la acera.

—Dime.

—Ahora sé que debería haber cambiado la obra, escribir otra, no sé. Hoy haría lo que fuera por recuperar a Biba. Tenemos que encontrarla, Lola.

Su voz dejaba traslucir una tristeza como la de los desterrados cuando hablan de su patria. ¿Era eso en lo que habías devenido? ¿Una patria perdida?

—Ya no estoy tan segura de querer hacerlo, Black. Además, no tengo la más puta idea por dónde empezar.

«Y tu larga perorata no nos ayudó mucho», hubiera querido decirle, pero corté.

YOU GOT TO USE IT, OR LOSE IT.
CNY

Tienes que usarlo o perderlo

Lo primero que hice al llegar de vuelta a tu departamento fue abrir el clóset de par en par. Como Black me había anunciado, estaba casi vacío, salvo por un abrigo de casimir, un vestido de seda de un amarillo fulgurante y un echarpe con brillos. Seguí buscando en tus estantes, dentro de las cajas de libros, bajo la cama, algo que hablara de ti, el sedimento de un día, de una noche, un instante en donde pudiera reconocerte. Pero no encontré nada más.

Recuerdo que, en una época, cuando no te quedabas durmiendo hasta tarde sumida en algo que ahora entiendo como el entumecimiento de los sentidos, nos ibas a buscar al colegio. Nos aguardabas a la entrada vestida de fiesta, como si después de dejarnos en casa tuvieras que partir rauda a una gala, a una cena, a una recepción importante. Todos esos eventos con los que soñabas, pero a los cuales no tenías acceso porque habías tenido la mala idea de casarte con un simple contador que llevaba los números de los ricos. A veces, con José, al verte en el portal del colegio junto a las madres de nuestros compañeros, alta y orgullosa como una esfinge, mirando hacia la lontananza como si estuvieras en el escenario de un gran teatro, avergonzados nos escondíamos en el patio hasta que te veíamos volver al auto. Ansiábamos ser como los demás. No los hijos de una mujer que alguien podía confundir con una actriz de cine o una puta. Necesitábamos encajar en ese mundo que sabíamos gris y aburrido, pero que era el único que teníamos.

Me recosté en tu cama, me arropé con las frazadas que aún guardaban el aroma de un perfume que debía ser el tuyo, y me quedé dormida.

* * *

Desperté con un estruendo, como si una bombilla hubiera explotado a pocos centímetros de mi cabeza, y me levanté de un salto. A mi alrededor todo seguía intacto. ¿Estaba alucinando? Comenzaba a inquietarme cuando sonó mi celular. Era Langton McCuller.

—¿Has sabido algo de tu madre? —me preguntó.

—Nada.

—¿Quieres cenar conmigo?

—¿Estás seguro? ¿No es mucha molestia?

¿Qué puta pregunta era esa?

—Por el contrario, será un gusto. ¿Te parece que nos encontremos en un restaurante que se llama Max, en la calle Ámsterdam, a las siete y media?

¿Que si me parecía? Hacía al menos un año que un hombre no me invitaba a salir. Después de cortar, me deslicé fuera de la cama en busca del origen del estrépito que me había despertado. Una ráfaga de viento había abierto la ventana de la sala y volcado el macetero con el bonsái. El arbolito yacía en el suelo aferrado al bloque de tierra que se había desprendido del macetero. Lo recogí, lo volví a su lugar y aplasté con los dedos la tierra para afirmarlo. Pensé que tu desazón ante los bonsáis no era del todo infundada. Había algo en el interior de esos árboles mutilados que ansiaba manifestarse, que ansiaba salir a gritar. No sé por qué empecé a llorar muy despacio, un llanto manso, sin drama, no de tristeza ni de rabia, no esta vez. Supongo que lloraba porque estaba viva.

* * *

Debía prepararme para mi cita con Langton McCuller. Abrí una vez más tu clóset, saqué tu vestido de seda amarillo, me lo puse y me amarré el echarpe con brillos al cuello, como te había visto hacer mil veces de niña. El vestido se ajustaba a mi cuerpo como si hubiera sido mío. Extraño, porque siempre habías sido más alta y voluptuosa que yo. ¿Acaso lo habías dejado para mí? Era una idea loca que deseché al instante. La lluvia seguía golpeando en la ventana, constante y gris, arrebujada en sí misma como un caracol dentro de su concha. Sentí que en tus ropas estaba tu presencia esquiva, tu espíritu que se escapaba.

Entré al baño y me miré en el espejo descascarado que estaba sobre el lavabo. Tan solo mi nariz y mis ojos eran visibles, el resto de mi rostro quedaba oculto tras sus peladuras. Algo muy raro te había ocurrido para que prescindieras de un adminículo tan esencial en tu vida. Por mi parte, tal vez era mejor no poder verme si no quería caer en una espiral de autocompasión. Bajo mi prisma, Langton McCuller solo podía tener dos posibles motivaciones para invitarme a cenar. O quería decirme algo sobre ti, o le daba lástima que yo fuera hija de una mujer como tú y quería compensarme por la injusticia. De todas formas, yo no iba a perder la oportunidad de salir con un hombre como él. Me oprimí las sienes intentando hacer ceder un incipiente dolor de cabeza.

Sonó el timbre. ¿Quién podría ser?

Mix your metaphors with abandon

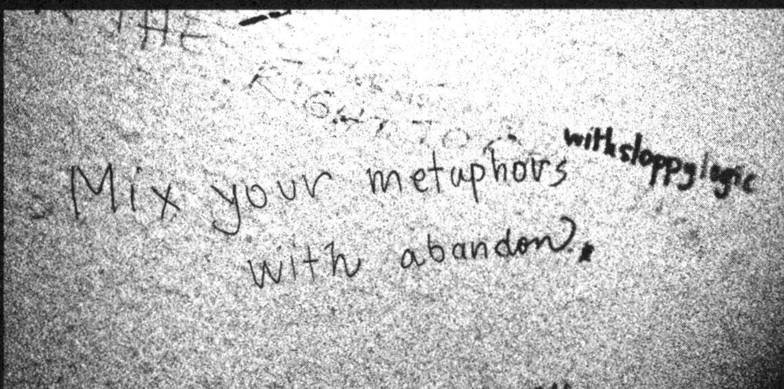

Mezcla tus metáforas con desenfado

En la puerta encontré a una mujer alta de aire señorial y rostro huesudo coronado por un artificioso moño de peluquería. De su codo derecho pendía una elegante carterita negra y un paraguas mojado. Sujetaba entre los dedos —alzados a la altura de la oreja— un cigarrillo encendido. Me extendió una mano lisa y blanca que parecía pertenecer a un cuerpo más joven.

—Al fin. Llevo semanas tocando este timbre. —Miró su cigarrillo como sorprendida de que estuviera ahí—. ¿Quién es usted? —me preguntó escrutando con un mohín de extrañeza el elegante vestido amarillo que yo llevaba puesto.

—Soy Lola, hija de Biba.

—Bah. Nunca me habló de ti.

—No me sorprende —mascullé, pero la mujer ya había entrado al departamento y miraba hacia el interior dejando caer la ceniza de su cigarrillo en el camino.

—Y Biba, ¿dónde está?

Se quedó en la mitad de la sala, las manos en la cintura, mirando a su alrededor con una expresión molesta.

—Desapareció. ¿Acaso usted no está al tanto?

—No, no tenía ni idea, pero ¿cómo pudo haber desaparecido?

—Así, desapareciendo, esfumándose, ¡puf! —Golpeé las palmas de mis manos.

—No puede ser —dijo, y se echó en el sofá rojo. Había en sus ademanes una arrogancia aristocrática, pero también torpeza, como si no estuviera preparada para la tosquedad del mundo.

—¿Está bien?

—Sí, sí.

—¿Quiere una taza de té?

—Sí, por favor. Necesito hablar con Biba.

Sus ojos, de un castaño transparente y delineados de negro, se empañaron. Después de preparar dos tazas de té, puse a su lado un cenicero para que enterrara el cigarrillo que se había apagado entre sus dedos y me senté en el piso de pies cruzados ante ella.

—¿Se siente mejor?

—Disculpa por irrumpir así. Mi nombre es Helen Mitchell.

Mi sentimiento inicial de molestia estaba dando paso a una gota de compasión y a otra de curiosidad.

—Entonces usted es amiga de mi madre —pronuncié cautelosa.

Helen Mitchell cerró los ojos y echó la cabeza hacia atrás en un gesto de cansancio. Tras las arrugas y pliegues de su rostro aún se podían distinguir los rasgos de una niña mimada y bien hecha. Uno de sus zapatos de taco alto se desprendió levemente de su pie izquierdo y quedó suspendido de su empeine con casual elegancia.

—¿Y tú la estás buscando? —preguntó desde su posición de desmayo.

—Bueno, sí. Tal vez usted puede ayudarme.

—Me imagino que ya la buscaste en «esos» lugares —señaló volviendo a incorporarse.

—Sí, un amigo suyo, el profesor Black, ya lo hizo. —Ni ella, ni Black, ni yo mencionábamos a la policía, la morgue o los hospitales por su nombre, como si el mero hecho de hacerlo fuera suficiente para abrir la llave de la desgracia—. También contactó a sus amigos. Al parecer usted no estaba en su lista.

—No tengo idea quién es ese profesor Black.

Y entonces ocurrió. Se llevó la mano a la cabeza y de un tirón se sacó el vistoso moño. La peluca cayó en su regazo como un gato anestesiado, y en su lugar apareció una cabeza de pelo oscuro y corto, terciado por cintas de canas. Sus rasgos se concentraron y afilaron en su desnuda simpleza. Lo que bajo el moño había sido magnificencia, ahora era fragilidad.

—La última vez que estuve con tu madre, me hizo prometerle que nunca más la usaría. Me hizo prometerle también que antes de nuestro siguiente encuentro me follaría a un hombre. Imagínate, yo, a esta edad. Y sin peluca.

—¿Y lo hizo? —le pregunté al tiempo que me escondía tras el tazón de té para no tener que mirarla a los ojos.

—Sí. Pero no entraré en detalles.

—Por supuesto que no —la respaldé.

«Solo espero que haya sido un buen polvo», quise decirle. «Todos lo merecemos. No importa que seas vieja, mañosa y que sin peluca te sientas miserable». No importa que mi último polvo haya sido con un estudiantucho de teatro que buscaba acceder a mi famosa madre. De igual forma, yo no hubiera podido meter baza en las disquisiciones de Helen Mitchell porque ella ya hablaba de sí misma. Están los que hablan y están los que escuchan. El que habla siempre sabe cuándo se ha encontrado con su víctima.

—Pero después volví a ponerme la peluca, ¿sabes? Me resultaba más fácil imaginar que nada había cambiado. Que al siguiente domingo vendrían mis hijos y mis nietos a casa, y que mientras los niños corretearan por el jardín, los adultos hablaríamos del tiempo y de la vida. De la que transcurre en la superficie, claro está, porque la otra es demasiado peligrosa. —Extendió las piernas y se sacudió con una mano el pelo corto, como despertándolo—. Hasta que un día todo revienta y se va al infierno. —Se detuvo.

Aprovechando su silencio, intenté cambiar el rumbo de la conversación a mi favor.

—¿Hace cuánto tiempo que no ve a mi madre?

—Ya te dije, llevo más de un mes tocando ese timbre. Un día incluso me planté en la puerta y comencé a hablarle, por si ella estaba adentro. Fue el día en que mi marido fue a buscar sus cosas a nuestra casa y me pidió que yo no estuviera. Estaba desesperada. No me resignaba a perderlo. Lo paradójico es que siempre lo desprecié. ¿Me creerías? Es un hombre que apenas habla y que, además, es calvo. Pero tiene unos ojos tan insolentemente azules que, si se posan en ti, no puedes evitar sentir un suave dolor, como el que provoca la visión de un lago o del cielo impoluto en una mañana de invierno.

—Qué bonito.

—¿Qué es bonito?

—Eso que dijo de su marido.

—No era mi intención. —Enarcó las cejas y sus labios emitieron un sonido despreciativo.

—Quizás me puede hablar de mi madre.

Me miró con esos ojos empañados de nostalgia que contradecían el desprecio que expresaba el resto de su rostro. ¿Cómo me atrevía a interrumpirla? ¿No estaba acaso depositando en mí, una absoluta e insignificante desconocida, los secretos más dolorosos de su vida?

Me rendí. El tiempo pasaba gota a gota, implacable como la maldita lluvia, y al otro lado estaba mi cita con Langton McCuller, a la que, si las cosas seguían el mismo ritmo, no llegaría jamás.

—La gran aspiración de mi exmarido antes de conocernos era tener un puesto de docente en la Universidad de Columbia, de la cual mi padre era benefactor. Eso fue determinante en nuestra unión. Lo supo él, lo supe yo y lo supo mi padre. Constituíamos el triángulo perfecto. Entre sus vértices, los motivos de nuestra unión estaban al resguardo, indemnes a la erosión y al derrumbe. Ese era mi poder. Él tenía sus clases, sus *papers*, sus viajes, su carrera. Una carrera cuyo origen yo conocía y alentaba, pero a la vez despreciaba. Sí, esa era la llave de mi poder sobre él. Siempre podía observarlo desde las alturas, y con tan solo hacerle un gesto o darle una mirada de soslayo a sus ojos descaradamente cristalinos, desarmar sus ínfulas.

Podía ignorarlo en mi charla animada con los invitados a nuestra mesa, pero también podía llevarlo escaleras arriba a nuestro gigantesco cuarto —donde un Rothko auténtico testificaba nuestra propia autenticidad— y hacerle el amor locamente hasta dejarlo tumbado, agradeciéndole al cielo esa combinación de lujuria y poderío que él nunca habría imaginado serían parte del repertorio de sus recuerdos. Ya en la adolescencia entendí que solo el poder preserva las cosas imposibles, como el amor. Porque lo cierto, señorita, y es bueno que lo sepas más temprano que tarde, es que todo, absolutamente todo, atenta contra el amor. El tiempo, para empezar. Con el tiempo se cae el decorado y lo que queda es el telón desnudo de un paisaje que conocemos de memoria y que no queremos seguir mirando. Entonces el amor, esa mentirosa alegoría, es sustituido por lo verdadero: el poder que uno de los amantes ejerce sobre el otro.

Hablaba con una pasión helada que resultaba atractiva para alguien a quien el amor le había sido esquivo como a mí. Pero no iba a darle crédito a sus teorías, no, no, debía conservar la gota de inocencia que aún perduraba en mí porque solo esa inocencia podía salvarme del descalabro existencial. De su elegante carterita sacó una cajetilla y un encendedor de oro y prendió uno de sus cigarrillos largos y delgados. Aspiró y soltó el humo formando anillos que por un momento quedaron tenazmente suspendidos en el aire y luego comenzaron a deshacerse, adoptando formas de montañas, hasta desaparecer.

—Pero hasta el poder tiene sus límites. La necesidad de que alguien te devuelva en su mirada una versión renovada y mejorada de ti mismo es más fuerte. Y un día, mi marido, el hombre a quien había amado y despreciado, el hombre a quien había llevado conmigo hacia las cúspides del poder, abrió la puerta y salió en busca de esa mirada. Me di cuenta entonces de que todo ese tiempo, casi una vida entera, no había sido yo quien llevaba los hilos, ni menos él, sino el cuerpo informe de existencias compartidas que, bajo la superficie de la vida, fue tejiendo en silencio su destino.

Helen Mitchell se levantó y, con la peluca/gato entre las manos, se acercó a la ventana. Una lluvia fina golpeaba con suavidad los vidrios y el cielo oscurecía. Era la hora de partir a mi cita con Langton McCuller. Pero ahí estaba, atada a esa mujer que, de pie ante la ventana con su cigarrillo humeante, seguía hablando.

—Lo que me hizo ver tu madre... ¿Cómo es que te llamabas?

—Lola, me llamo Lola.

La había escuchado durante más de una hora ¿y ella ni siquiera recordaba mi nombre? ¡Aaahhh!, grité en silencio.

—Lo que me hizo ver tu madre, Lola, es que el poder está siempre en manos de quien conoce la salida.

—Ajá —dije sobriamente, hundiendo las manos en mis axilas para no arrojar puñetazos en el aire.

—Y a pesar de que quien primero la encontró fue mi marido, yo también puedo encontrar la mía. ¿Entiendes? Eso me hizo entender Biba.

—Y ahora ella ha huido —dije.

—¿Huyó? —preguntó con una expresión teatral. Se agitó impaciente.

—Bueno, no está.

Abrí los brazos para señalar la sala vacía.

—Sí, es cierto, no está —afirmó con aire despistado.

—¿Y usted no tiene alguna idea de dónde podría haber ido? —inquirí, armándome de paciencia.

—La última vez que estuve con ella me habló de las rutas de escape.

—¿Rutas de escape? ¿Qué quería decir con eso?

—Bueno, fue un poco vaga. Por eso necesito verla, para que me explique a qué se refería.

—Pero ¿qué le dijo exactamente?

—Algo así como que las rutas de escape más eficaces son las intangibles.

—Es un poco vago.

—Eso es cierto. Recuerdo que mencionó las brechas, las fisuras, los intervalos. El intervalo entre una letra y otra, entre un son y otro. ¡Ah!, y también mencionó las metáforas.

—Ya veo —mascullé.

Metáforas ramplonas de las que habías hecho uso descaradamente para mandarte a cambiar al otro lado del mundo donde no pudiéramos alcanzarte.

* * *

Es la noche después del incendio. Ya todo es silencio cuando mi hermano José y yo escuchamos desde nuestro cuarto compartido los lamentos de un gato que vienen de la casa quemada, en el fondo del pasaje. Saltamos de la cama y salimos en su busca. Pequeños focos de fuego todavía humean y desprenden su luz tenue y letal. La luna, entre las nubes, se asoma y alumbra apenas, pero lo suficiente como para que los escombros proyecten sombras fantasmagóricas sobre nosotros. Seguimos la huella del lamento del gato. Está atrapado bajo los restos de un muro que se ha desplomado. Es un milagro que esté vivo. A través de una grieta comenzamos a hablarle. Podemos oír el roce desesperado de su cuerpo contra el suelo y el muro, pero no podemos verlo. José toma un pedazo de madera quemada y comienza a golpear la grieta. El gato, al escuchar los golpes, se queda quieto y en silencio. Percibimos su miedo, el mismo que tenemos nosotros de fracasar en nuestro cometido. La grieta se abre un poco más, pero no lo suficiente como para que uno de los dos pueda introducir una mano y alcanzar al gato herido. De tanto en tanto, reanuda su lamento, se hace más prolongado y a la vez más tenue. La vida está desertando de su cuerpo y nosotros hemos agotado nuestros recursos. Continuamos hablándole, con la esperanza de que alguien venga a ayudarnos. Amanece. Los maullidos y el rumor de sus movimientos cesan. Volvemos a casa cubiertos de cenizas. Apoyo la cabeza en la almohada y lloro, despacio para que José no me escuche. Creo que él también llora. A la mañana siguiente, al despertar, tú te has ido. Pasan los años. José y yo volvemos una y otra vez al incendio y al gato. La metáfora por donde desapareciste.

* * *

—Pues yo tengo noticias que darle —le dije a la mujer. A pesar de que no fumo, tomé un cigarrillo de la cajetilla que ella había dejado en el suelo y lo encendí temblando—. Su libertad, la mía y la de todos, termina en el corazón del otro. Querer a otro, dejarse querer, es una responsabilidad, ¿lo entiende? Aunque esta responsabilidad atente contra nuestra libertad. Es así. La libertad no es dejar la escena del crimen y del amor cuando te da la puta gana.

—Y entonces, ¿qué es?

—No tengo idea. Pero seguro que no es huir a los trasfondos de una metáfora. Yo que usted cambiaría de gurú.

Miré la hora. Eran las ocho de la noche. Ya estaba atrasada.

—Tengo que irme, lo siento, hace media hora que debería haber estado en otro lugar —dije—. Solo por curiosidad, ¿cuál fue la salida, la metáfora, el intervalo que encontró su marido?

—Ah, la vagina de otra mujer. En eso no fue demasiado creativo ni metafórico.

—Ya veo.

Abrió a duras penas el seguro de la ventana y arrojó la peluca a la noche que ya se había cerrado. Una ráfaga de frío y el sonido distante del tráfico se colaron desde el exterior. La lluvia se había detenido.

—Tal vez tu madre se refería a esto entonces —dijo, alzó los brazos y sacudió la cabeza.

—No tengo ni idea —respondí—. Pero en todo caso le aseguro que esta vez no podrá volver a ponerse esa peluca.

One day more, another day, another destiny

Un día más, otro día, otro destino

Había llegado una hora tarde a mi cita, ataviada con tu glamoroso vestido de seda amarillo y tu abrigo de casimir, y en el restaurante no quedaba ni rastro de Langton McCuller. Le envié un WhatsApp rogándole que me disculpara y pedí una cerveza. Tenía el celular ante mis ojos para ver cuando él leyera mi mensaje. Pero los minutos fueron avanzando y los tickets de mi mensaje permanecieron en sombras. Decidí cenar algo. A un par de mesas de distancia, un hombre de profundos pliegues bajo los ojos y piel manchada por el sol gesticulaba ante una jovencita sentada frente a él. El hombre llevaba un traje azul —a todas luces muy caro— y una camisa blanca abierta hasta más abajo del pecho. Ella lo miraba con una mezcla de complacencia y aburrimiento. De tanto en tanto, sin que su expresión de tedio desapareciera, lanzaba una risotada, y entonces él se levantaba de la silla —dejando al descubierto su tórax abultado, sus piernas arqueadas y cortas y sus refinados zapatos de cuero—, daba la vuelta a la mesa, besaba a la chica en la boca, volvía a su sitio con un talante de regocijo y continuaba su parloteo con el entusiasmo y la seguridad de quien cree poseer el mundo. Tal vez era eso lo que hacía. Ofrecerle el mundo. Cada vez que él la besaba, ella se encogía en su silla como una tortuga que ante el roce de algo desagradable desciende a las profundidades de su caparazón. En un momento, él la tomó de la mano y continuó hablándole. La chica lo miró con desdén, hasta que el hombre la soltó con una expresión de derrota y tristeza. Entonces ella tomó su celular y se perdió en él. Por más poder que el hombre ejerciera sobre ella, por más ofrendas y sueños que le brindara, había un espacio que él no alcanzaría jamás. Recordé las palabras de Helen Mitchell. Quien tiene el poder en el amor es quien ha encontrado la puerta de salida, y ella ya la había franqueado.

Terminaba un salmón a la parrilla con papas y cebollas acarameladas, cuando los tickets del mensaje que le había enviado a Langton McCuller se volvieron azules. Ahora quedaba esperar que me contestara. Los minutos siguieron pasando, hasta que tuve que aceptar que no me respondería. Estaba claro que mis rústicas aspiraciones románticas no me serían otorgadas.

No en ese momento.

No ese día.

Y definitivamente no en ese destino.

Me levanté para partir. Una pareja de jóvenes que había pasado la cena toqueteándose bajo la mesa me miró. Mi atuendo exagerado dejaba en evidencia mi cita fallida. Sentí la compasión solidaria en la mirada de ella. No era la primera vez que los hechos —como al detenerse el rodar de un dado— terminaban mostrando la cara que me hundía.

I'd rather be a hair stylist than a nihilist

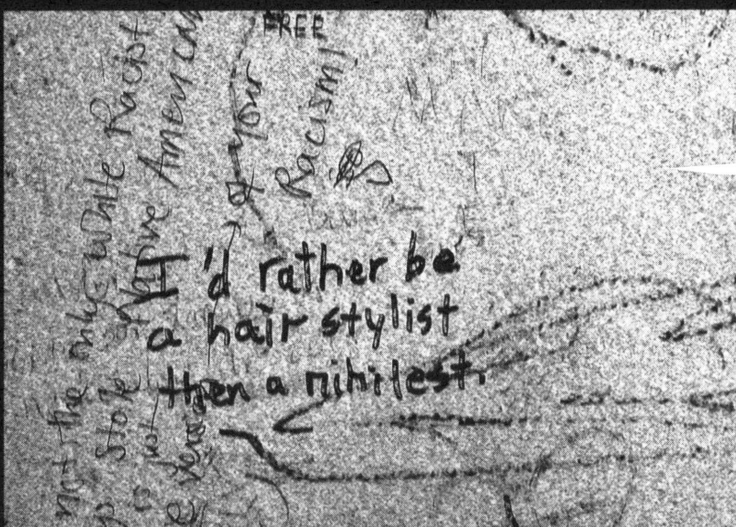

Prefiero ser una peluquera antes que una nihilista

Salí del restaurante arropada con el abrigo de Biba. Una fuerte racha de viento arreció la calle desierta, papeles y hojas secas corrieron por las calzadas, las ramas de los árboles crujieron. Dos jóvenes tomadas del brazo me adelantaron. Alcancé a escuchar que una le decía a la otra: «Prefiero ser una peluquera antes que una nihilista». No podía estar más de acuerdo. De hecho, creo que con la única persona con quien yo me sinceraba en Santiago era con mi peluquera. Una mujer que vivía a un par de cuadras de mi casa y que una vez por mes se daba a la tarea de cortar mi mata de pelo que crecía como la mala hierba. Sin duda, de las dos, ella era mucho mejor persona y menos infeliz. El placer de escucharla reír perduraba en mí varios días después de haberla visitado.

El viento resonaba en esa calle gris de un modo extraño, embozado, que me producía inquietud. En el paso bajo nivel de la calle Ámsterdam vi un cuerpo que se agitaba dentro de un saco de dormir casi deshecho. Primero pensé que el hombre o mujer que estaba dentro sufría una convulsión. Me acerqué a ayudar, pero una vez que estuve a su lado me di cuenta, por el ritmo acompasado, que se estaba masturbando. En su pequeña y mísera intimidad buscaba el placer. Un lugar, el onanismo, donde al fin y al cabo todos nos encontramos. La luz de un relámpago alumbró las siluetas de los edificios. Al cabo de unos segundos un violento trueno estremeció el cielo y todo lo que mis sentidos alcanzaban a percibir. Sonó largo rato, y luego se largó a llover nuevamente bajo el latido de la noche.

* * *

Volví empapada a tu edificio y encontré por primera vez al conserje con el parche en el ojo de quien me había hablado McCuller. Me presenté y le pregunté por tu vecino, Simón Greenberg. Algo me decía que ese hombre, que parecía estar fuera de los confines de tu corte, me traería más luz que todo el resto sobre tu destino. Idea que, como comprobaría más tarde, resultó mucho más acertada de lo que imaginaba.

—¿Usted es hija de la señora Biba? —inquirió el conserje, desconfiado, al tiempo que me recorría de arriba abajo con su único ojo, que era de un gris tan pálido como una nube.

—Sí, claro, ya le dije, mi nombre es Lola.

—El señor Greenberg está de viaje con su hija —respondió sin soltar su tono suspicaz.

—¿Son amigos con mi madre?

—Sí, yo diría que sí, aunque uno nunca sabe.

—¿Y no podrían estar de viaje juntos?

—Ah, eso no lo sé y no es asunto mío.

Comenzó a buscar algo bajo la consola.

—¿Sabe cuándo vuelve, al menos?

—No tengo la menor idea —dijo, dando por terminado nuestro intercambio. Se trataba sin duda de un conserje haciendo su trabajo a la perfección. De él no iba a obtener más.

Afuera el cielo exhaló un suspiro cansado. ¿O era yo?

All these strange pieces

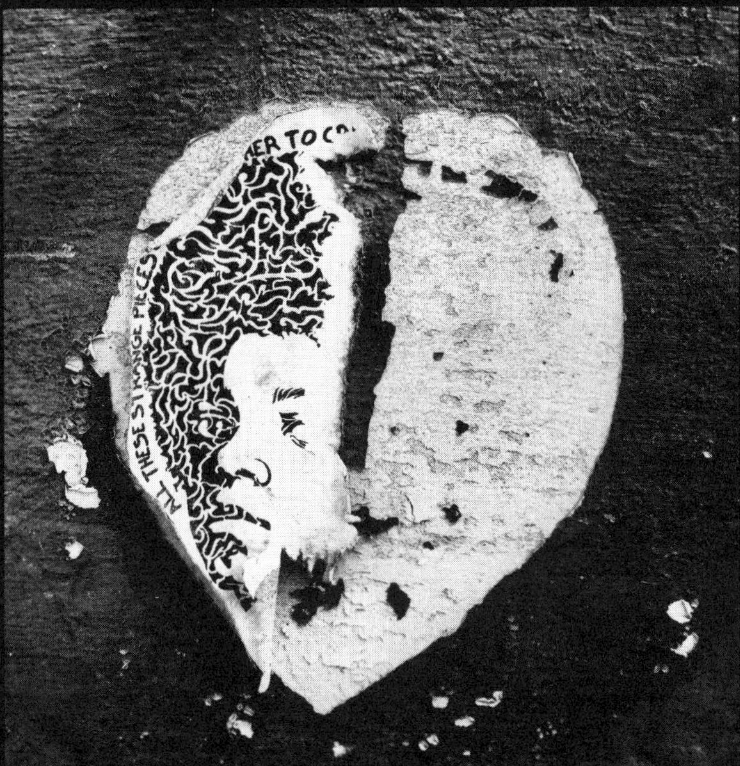

Todos estos pedazos extraños

A la mañana siguiente fui a un colmado del barrio en busca de algunos alimentos básicos. Ya no llovía, pero el viento penetraba en el cuerpo como puntas de espinas. Una bandada de pájaros trazó en el cielo unas complejas y secretas pictografías y luego desapareció tras un edificio. El local estaba en Broadway, a unos pasos de la 118. Tras el mostrador, un matrimonio tailandés de avanzada edad no dejaba de sonreír. Decidí que al igual que al Hungarian Pastry Shop, volvería allí todos los días en busca de algo, lo que fuera, con tal de ser depositaria de sus sonrisas. Cuando todo es un caos, debes procurar que las estructuras internas de tu vida tengan un par de andamios en los cuales sostenerse. Un bolichito y una cafetería como el Hungarian Pastry Shop son suficientes. Compré leche, café, un poco de fruta, varias barras de chocolate y volví al departamento.

Fue cuando guardaba la leche en el refrigerador que descubrí la caja. Estaba en la segunda bandeja. Era una caja de plástico sellada con cinta adhesiva. La llevé a la sala, me senté en el sillón rojo y la abrí con un cuchillo. En su interior había una docena de mapas dibujados en hojas de los más diversos orígenes: servilletas, facturas, páginas de cuadernos, libretas y libros. Y en todos ellos podía reconocer tu caligrafía arrebatada y casi ininteligible. Intuí que eran una más de las extrañas piezas del puzle que intentaba armar. Tendí los papeles uno al lado del otro en el piso de la sala. Una rumba se colaba por la ventana. Ahora el suelo semejaba uno de esos mapas territoriales que los generales desplegaban en sus tiendas de campaña antes de iniciar una batalla. Había que establecer las zonas más débiles, las fronteras desatendidas, los pasadizos secretos por donde entrar con mi batallón de interrogantes. Dos de los mapas llamaron mi atención sobre los otros. El primero, dibujado en la página arrancada de una agenda, semejaba más un laberinto que un mapa. En el centro había una banqueta contra lo que parecía ser una reja. Al margen estaban escritas las palabras:

Freedom
Courage
Bomb it

El segundo mapa, denominado Morningside Park, mostraba la ruta desde la 119 hasta un gigantesco árbol que casi cubría toda la página, en cuyo costado había otra banqueta. Sobre ella se distinguía un macetero con un arbolito en miniatura que se parecía mucho al bonsái de arce que estaba sobre la mesita junto a tu ventana. En el reverso de la hoja había un poema de Gabriela Mistral: *Va a esparcir en el viento / la palabra el perfume, de cien pomos de olores / al vaciarse.* Eran dibujos bien trazados en los que reconocí tu talento. En las largas tardes de verano solías dibujar sentada en tu mecedora. No necesitabas más que una croquera y un lápiz grafito, con el que dibujabas los más enrevesados paisajes.

Habías borrado todo vestigio de ti misma en el resto de tu departamento, seguramente anticipando a los curiosos que intentarían develar tus secretos, pero en ese descampado habías dejado los mapas, previendo también que alguien los encontraría. Me sentí incómoda, inquieta, confundida. ¿Los habías dejado para mí? Llovía otra vez, y la ventana volvía a empañarse. Según mi hermano José, en esto radicaban mis problemas. En ser incapaz de dar vuelta la página, comenzar de cero, superar el pasado. Todas esas frases hechas para expresar la misión más difícil que puede emprender un ser humano: olvidar.

José se había rodeado de personas para quienes la transformación personal no solo era una posibilidad, sino un deber. Debías decidir quién querías ser y encauzar tus esfuerzos en esa dirección. Para su casta de iluminados, solo los blandengues son incapaces de sacudirse su historia. Y ahí estaba yo —una blandengue, sin duda— buscando las huellas de una mujer a quien, pese a haberme despreciado, seguía anclada. ¿Era acaso ese el destino infausto de todas las hijas del mundo, o era yo un caso aislado de alguna peste filial?

José y yo habíamos ido al mismo colegio, habíamos sido abandonados por la misma madre y educados en la sobriedad por el mismo padre, nuestras vidas habían transcurrido por el mismo carril, sin embargo habitábamos en mapas distintos e intransferibles. Imaginé mis propios mapas.

El iris de un ojo hasta el corazón.

Los caminos de una palabra antes de llegar a pronunciarse.

Las nervaduras donde se anidan los sentimientos de una planta.

Las ramas donde se posa un pájaro a lo largo de su vida.

La distribución de la rabia en una garganta.

El recorrido de un trozo de chocolate hasta las tripas.

Fear eats the soul

El miedo devora el alma

Me desperté con unos sonidos extraños, como de arañazos, que parecían provenir de la escalera de incendios que daba al patio ciego donde confluían las traseras de los edificios. Un patio ocupado por tarros de basura en el que nada crecía aparte del árbol que alcanzaba mi ventana. Me asomé y vi a un gato que corría escaleras abajo y desaparecía en el entramado metálico. Había amanecido, y por sobre los edificios se alcanzaba a ver un trozo de cielo, un cielo humilde, de aspecto cansado, que las nubes cargadas de agua amenazaban con su violencia. Tal vez era el mismo gato que había entrado a la cocina antes de que yo llegara y había dejado el desparramo con la basura. Recordé al gato del incendio y la peluca/gato que Helen había arrojado por la ventana. Moví la cabeza a uno y otro lado. Era demasiada la información que debía procesar. Los gatos de mi vida, Black —que ahora era Blanco—, Helen Mitchell y sus vías de escape, los mapas de mamá, pero sobre todo aquello que no tenía nombre y que surgía en los intersticios de los hechos. Me vestí, metí la caja con los mapas en mi mochila y salí rumbo al Hungarian Pastry Shop en busca de un café y un *kréme* de ocho centímetros de alto. Era temprano y las tiendas comenzaban a abrir sus puertas y escaparates en un bostezo. Las ventanas encendidas de los edificios flotaban en el gris del cemento. La ciudad se desperezaba.

En la esquina de la 112 con Columbus Avenue, un chico y una chica de rasgos asiáticos estaban inmóviles, uno frente al otro, bajo el alero de una casa de reposo. Una hiedra blanqueada por el invierno extendía sus tentáculos sobre la gran puerta. Él sostenía la mano blanca y pequeña de la joven con los ojos firmemente puestos en los de ella, como si aguardara algo. Ella llevaba un abrigo celeste hasta las rodillas y el pelo recogido en una cola de caballo que rozaba su cuello. Sus zapatos eran rosados, igual que la mochilita de charol que colgaba de su hombro. Era tal la inmovilidad de ambos, la perfección de sus rasgos y la atemporalidad de sus gestos, que parecían representar la escena de un cuadro. Él soltó la mano de ella y se echó el pelo hacia atrás dejando al descubierto una frente ancha e impoluta. Ella hizo el amago de volver a tomarla, pero él no pareció notarlo y su intención quedó a medio camino. Me dio la impresión de que no se hablaban, de que todos estos gestos transcurrían en silencio, llenos de significados que, como la mano de la chica, se quedaban suspendidos en el aire, elocuentes y a la vez inútiles. De pronto el chico dio media vuelta y salió caminando. La chica permaneció con los ojos enterrados en la acera. Sentí su rendición, como si el destino hubiera cumplido su designio y ella no hubiese tenido fuerzas para cambiarlo. Me estremecí. Cuán estrecho resulta el espacio de nuestras acciones. Callar, no porque no tengamos dentro un torbellino de palabras pujando por salir (¡quédate, no te vayas, no sueltes mi mano, permanezcamos aquí hasta que anochezca y todo se esfume en la oscuridad!), sino porque el miedo nos devora el alma. Sentí ganas de gritar, de salir corriendo, de rebelarme contra todos los designios y las historias de rendición que arrastramos.

Are there billions of moments floating in space?

¿Habrá billones de momentos flotando simultáneos en el espacio?

Pedí un café y un *kréme* a la chica de trenzas y curvas exuberantes que nos había atendido con Black, llené un vaso con agua y hielo de la jarra que había en un rincón, y me dispuse a buscar una mesa donde sentarme. La luz azafrán que arrojaban sus lamparitas de cristal le daba al Hungarian Pastry Shop una atmósfera atemporal que contradecía el ansia de inmediatez de quienes poblaban las mesas. Encontré una pegada a la de dos jóvenes que, con sus computadores abiertos, charlaban entusiasmados. Había en ambos algo fresco, como esas hojas que recién han brotado, incólumes aún a los estragos del tiempo. Uno de ellos, por su vehemencia y su voz grave, me recordó a mi hermano. El otro llevaba unas gafas gigantes y una mata de pelo alborotado que ocultaba su rostro. Me pregunté qué habría tras ese escamoteo.

—No sé si te das cuenta de la dimensión de lo que nos planteó el profesor Hanson —decía el vehemente—. Hay billones de transmisiones entre los cerebros de dos personas, pero tan solo podemos distinguir una milésima de ellas. Percibimos y categorizamos los hechos de una forma que en términos evolutivos nos resulta útil y los asumimos como concretos e irrefutables. Pero lo cierto es que lo que vemos y escuchamos responde a un espectro muy angosto.

—Así es —intervino el de gafas—. En cada segundo de nuestra vida estamos perdiendo una porción gigantesca de la realidad.

—Y lo más patético de todo es que estamos tan seguros de nosotros mismos que asumimos como verdadera esa mínima porción que percibimos.

—Y como no todos percibimos las mismas cosas, cada uno vive en su propia realidad.

—Exacto.

En ese momento escuché a la joven de trenzas gritar mi nombre con un entusiasmo desmesurado. Los chicos detuvieron su conversación y me miraron. Levanté la mano para que ella me viera y luego bajé la cabeza, avergonzada.

—*I love your name.* —Depositó sobre mi mesa el café y el *kréme* con una sonrisa. Los estudiantes continuaban hablando.

—De ahí las guerras, las dictaduras, los genocidios. Cada uno defendiendo su versión, cada uno imponiéndosela al otro —señaló con su voz grave el vehemente.

—Qué lejos estamos los unos de los otros —comentó el de gafas con una tristeza que me conmovió.

Pensé que, visto de esa forma, ese momento que compartíamos en el Hungarian Pastry Shop no existía. Solo existía en la experiencia ilusoria, en la mirada tuerta que cada uno de nosotros tenía. Y si ese momento solo existía en mi mente, tal vez lo que había vivido hasta entonces, y que yo había dado por cierto, podía ser también una ilusión.

* * *

Volvió a mí un recuerdo de niña que había olvidado por completo. Antes de que nos dejaras, tú y yo compartíamos el mismo mundo: «El mundo del diluvio». La tierra había sido arreciada por un temporal tan gigantesco que todo se había hundido. Menos nosotras, las únicas sobrevivientes, que brincábamos entre las cimas de edificios y montañas que sobresalían de la superficie del agua. El desafío era llegar de un punto de la casa a otro sin jamás tocar el suelo, porque tocarlo era hundirse. «El mundo del diluvio» constituía un umbral que cruzábamos juntas. Un trazado invisible a los ojos de los otros, que, si hubieran presenciado nuestro juego, hubiesen visto a una madre y a una hija saltando de sillón en sillón, siempre a punto de caerse de bruces en el suelo. En esa realidad compartida, nuestra misión era salvarnos la una a la otra. Siempre. Como fuera. A costa de nuestra propia vida si era necesario. «Yo soy tú, tú eres yo», me decías al alcanzar la cima más alta.

Después de que te fuiste, «El mundo del diluvio» desapareció. Recuerdo esa vez que volviste a Chile con el fin de arreglar unos papeles legales —o eso dijiste— e intentaste traer nuestro mundo de vuelta. Pero yo había dejado de creer. Yo ya no era tú, ni tú eras yo. No me habías salvado del diluvio. En su lugar se había instalado el odio. Era un sentimiento tan fuerte y real como antes había sido la devoción que sentía por ti. La vasija de oro se había vuelto una cloaca, y cuando el amor se transmuta en odio, algo nace en el mundo. Una fuerza de destrucción tan viva como el amor.

My penis is made of dogshit

Mi pene está hecho de caca de perro

Me disponía a pedir otro café cuando escuché tras de mí a un hombre que me preguntaba:

—¿Me puedo sentar un momento contigo?

Era John, el amigo de mi madre con quien Black y yo nos habíamos topado unos días atrás.

—Por supuesto.

Se sentó a mi lado y se quedó mirándome al tiempo que movía la cabeza a uno y otro lado como si negara algo o estuviera ante una aparición. Tenía los ojos pardos, insertos bajo unas espesas cejas y una cabellera casi inexistente que recordaba un campo de trigo mal cortado. Me dijo que era profesor en el departamento de poesía.

—Entonces usted es poeta —afirmé.

—Publiqué un par de poemarios, pero hace tiempo que nada sale de aquí —dijo, llevándose la mano al corazón y luego a la cabeza.

—Esa sí que es una desgracia —mascullé.

—No es que las ideas no surjan. De hecho, a veces concibo versos completos, solo que ninguno me conmueve. ¿Sabes dónde radica el problema? —me preguntó.

Pero yo ya sabía que solo tenía que negar con la cabeza. El gesto más sucinto para no interrumpir su bendita corriente de conciencia. Y eso hice.

—Me he pasado la vida estudiando a los grandes y he descubierto algunas cosas. Como, por ejemplo, que el debate que cruza generaciones de escritores y poetas entre la supremacía de la idea o de la forma es una discusión vana. ¿Y sabes por qué? —volvió a preguntarme y yo volví a hacer un gesto de negación—. Porque la belleza de una idea se manifiesta a través de su forma. Dentro de una expresión maltrecha la idea pierde su fuerza, de igual manera que en una vasija opaca desaparece la transparencia del agua. —Hizo una pausa y sonrió para sí, complacido seguramente de su propio genio—. Es esa noción la que me mata.

—Entiendo —dije. Lo miraba directamente a los ojos, como si estuviera prestándole una atención absoluta, pero la verdad es que hacía rato que pensaba en otras cosas, como en las ganas que tenía de que mi editor me encomendara hacer la crítica de un hombrón asentado en sus certezas como este, para poder sacrificarlo.

—Esa verdad exige que tanto el pensamiento como la forma, el contenido y el contenedor, sean perfectos.

Me dijo que estaba al tanto de que yo trabajaba como crítica literaria —Biba se lo había comentado—, razón por la cual yo debía entender muy bien de qué estaba hablando.

—¿Qué hay de las personas? Al igual que los versos, ¿deben poseer también esa perfección para ganarse el derecho a existir? —le pregunté con sarcasmo e inquina.

Se sobó la panza como si acallara las patadas de un bebé en su interior y permaneció en silencio un segundo. En sus sienes traslúcidas se distinguían venas azules.

—Tan solo mírame. ¿Te parezco un contenedor digno de una mujer como tu madre? Mira esta panza, mira mi cabeza rala y mis dientes. Esos no los has visto porque hablo con la boca cerrada para ocultarlos. —Se rio sin abrir la boca, con evidente ironía.

—¿Estaban juntos, usted y ella?

—Intermitentemente a lo largo de los años.

Me contó que había conocido a Biba en una de las cenas que organizaba su exmujer y a las cuales, según él, lo invitaba con un ánimo de venganza y compasión por partes iguales. Por ese entonces iba de los brazos de una estudiante a los de otra. Eran los tiempos que antecedieron al #metoo y los profesores se revolcaban con sus alumnas a su antojo, me aclaró no sin un dejo de nostalgia en la voz. Sentí repulsión ante la súbita imagen de su pene, fofo como él, dentro de los cuerpos de esas inocentes. Su mujer también era poeta, pero había comenzado a publicar tarde, después de que se separaran. Mientras estuvieron casados, él era quien ostentaba el título de poeta. Tenían el acuerdo tácito de que en un hogar no había espacio para dos vanidades cayendo por el agujero de la inseguridad, dos egos quebrándose ante la más tenue ventolera, dos almas absortas en el curso vital de su propio ser. No, eso era imposible. Ya separado, y brincando de chica en chica, a veces se derrumbaba. Y cuando se encontraba tocando la superficie áspera de la tierra, se enfrentaba a una verdad dolorosa de digerir: junto con el fin de su matrimonio, la realidad se había evaporado. Resultaba difícil defender la institución del matrimonio sin apelar a convencionalismos de los cuales se sentía muy lejos. Pero había algo en esas relaciones extensas, en esos pactos que te acompañan un largo trecho de la vida, en ese acuerdo de futuro compartido y en el asfixiante aburrimiento de la cotidianeidad, que las hacía reales. No es que anhelara a su exmujer, en absoluto. De hecho, lo enervaba y lo ponía de mal humor, de la misma forma que él debía enervarla a ella. Después de su separación, ella se encerró en la casa que habían compartido en Brooklyn —la que él le dejó después de huir con una de sus estudiantes— y escribió su primer libro de poemas.

—Son poemas maduros, como si hubieran estado cocinándose por largo tiempo. Una vida entera. Desde entonces ha escrito otros dos poemarios. —Hizo una pausa y luego dijo—: Es una de las poetas más respetadas de su generación.

Por la forma dolorosa en que pronunció las últimas palabras, supuse que él no tenía ese privilegio.

—Voy a leerla. ¿Cómo se llama su mujer? —le pregunté, acaso como una forma de venganza por no haberle permitido expresar su talento mientras estuvo casado con ella.

—Ilda Lekman —murmuró—. Pero me estoy yendo por las ramas —dijo, y yo no pude estar más de acuerdo con él—. Te contaba cómo conocí a Biba. Como siempre, esa noche llegó rodeada de su pequeña corte. Uno de sus acólitos era Santiago Blanco, cuya genialidad empezaba recién a vislumbrarse.

John recordó que, como de costumbre, había terminado en la terraza de la casa que alguna vez había sido suya, con los pies sin zapatos arriba de la baranda, tomándose tal vez el tercer whisky de la noche. De pronto vio a Biba —que había salido a fumarse un cigarrillo y lo miraba con una expresión entre compasiva y divertida— y sintió una inmediata repulsión de sí mismo. Esa pose de hombre herido buscando su destino no le quedaba bien en absoluto, carecía de la juventud y de la belleza infausta de los héroes trágicos. No supo cómo, se encontró de pronto llorando en los brazos de Biba. Esa forma llana y sin remilgos de Biba de sostener a un desconocido hasta el día de hoy le parecía uno de los momentos más significativos de su vida. Ahora ya no perseguía estudiantes, pero las mujeres en general, aunque ninguna en particular, seguían siendo su eje gravitacional.

—Hay algo vertiginoso en la posibilidad del enamoramiento, una resurrección del yo, un arrebato que ninguna otra esfera de la vida me otorga —continuó—. Además, y esto no es menor, llevar prendida del brazo a una chica me redime de mis pequeñeces y derrotas ante los ojos de los otros.

John era consciente de que esta seducción indiscriminada era un juego banal y muchas veces lúgubre que solía terminar mal. Pero no podía evitarlo.

—Está más allá de mí mismo —declaró.

Me hizo pensar, aunque la comparación fuera un tanto injusta, en los violadores que acusan a sus víctimas de despertarles instintos incontrolables.

Un chico de ojeras prematuras y apariencia gastada se acercó a él, le entregó un papel sin mirarnos y luego volvió a su mesa. John lo leyó y sonrió.

—Es un comentario a uno de mis poemas —dijo, sin poder ocultar su satisfacción, y se pasó la mano por la cabeza rala—. No sé si te mencioné que con Biba escribimos una obra de teatro. No, debo ser justo, la escribió ella, yo tan solo le di ciertas pautas. Es una obra magnífica.

—Entonces tú debes saber dónde está.

—No sé, no sé —declaró angustiado. La piel grisácea que rodeaba sus ojos se coloreó toscamente—. Ella solía hablar de las salidas, de las grietas. Decía que cada persona podía encontrar su propia hendidura por donde huir. Tu madre iba a cumplir setenta años y la idea le aterraba. El último tiempo, de hecho, la vi decaída, cansada. No, no es eso exactamente, más bien me hacía pensar en un Sísifo rebelándose contra su destino y arrojando la piedra montaña abajo.

—Entonces tu suposición es que mi madre huyó a través de una «hendidura» —afirmé, marcando con los dedos las comillas.

—No lo sé. Pero no lo descarto. Es una bella idea, no lo puedes negar —dijo con una sonrisa de regocijo—. Creo que voy a escribir un verso sobre ello —agregó, y le guiñó un ojo al chico que le había entregado el poema.

Pensé cuán frágil y a la vez fácil de complacer es la vanidad.

Freedom. Courage. Bomb it

Libertad. Coraje. Bombardéalo

Subí unas pocas cuadras por Columbus, luego doblé no recuerdo en qué calle ni si lo hice en dirección a Broadway o Manhattan Avenue, pero de pronto me vi ante una banca cubierta de pegatinas que estaba apoyada contra una reja de la cual pendían —como en una galería de arte— una serie de cuadros firmados por sus autores. Recordé que en uno de tus mapas había un sitio similar. Me acordaba incluso de las palabras que habías escrito al margen. Las busqué en la maraña de pegatinas que cubrían la banqueta y ahí estaban.

Libertad, coraje, bombardéalo.

¿Por qué entre las decenas de pegatinas habías escogido esas tres? Pensé en las eternas monsergas que había escuchado de tus conocidos esos días. Y sí, debía admitir que tenían algo en común. Todos aludían a tu coraje y a tu libertad. Pero ¿bombardear qué? Ya estaba cansada de tus acertijos.

Me senté en la banqueta y respiré profundo, luego saqué una hoja de mi agenda y escribí tu nombre. *Do you know her?*, puse en grandes letras y abajo mi número de celular. Si alguien sabía de ti, tal vez me contactaría.

Era la hora en que los transeúntes atravesaban el velo frío y agitado de la tarde envueltos en sus abrigos y parkas que apenas dejaban entrever sus rostros. De seguro se dirigían a un lugar donde pudieran hallar el calor de otros seres humanos. Lo más probable es que ellos no lo supieran, pero era el vago ventral el que los movía. Un circuito del sistema neurológico responsable de abrir nuestra conciencia a la conexión, a la capacidad de reconfortar y ser reconfortados, de hablar y escuchar, de ofrecer y recibir. El vago ventral se forja en los primeros años de vida, y si no encuentra en su entorno lo que necesita, se atrofia para siempre. No pude dejar de pensar, frente a esa banqueta llena de pegatinas con olor a tabaco y orina, que había altas posibilidades de que mi vago ventral, al no encontrar lo que buscaba en mi temprana edad, se hubiera perdido irremediablemente.

Bombardéalo.

Buscaba un sitio apropiado donde dejar la nota, cuando una mujer que llevaba un bolso de supermercado con ruedas se sentó en la banqueta, abrió una lata de cerveza y encendió un cigarrillo. Era evidente que vivía en la calle, pero tras su aspecto sucio y el olor agrio que desprendían sus excéntricos ropajes podía vislumbrarse un pasado mejor.

—No te había visto aquí antes —me dijo sin mirarme, mientras le daba una calada a su cigarrillo.

—¿Aquí? —pregunté.

—En la República Independiente del Pueblo —señaló. Ante mi evidente desconcierto agregó—: En esta banqueta, se llama así. ¿Estás poniendo un aviso?

—Bueno, sí, tal vez usted pueda ayudarme. —Le mostré el papel.

—Hace tiempo que no viene por aquí —dijo, y tomó un sorbo de cerveza.

—¿Entonces la conoce?

—¿A Biba? La última vez que la vi me trajo una maleta llena de ropa.

—¿Verdad? ¿Cuándo?

—Unos dos meses atrás, creo.

—Es que no sabemos nada de ella. Soy su hija y la estoy buscando. ¿Le dijo algo que pudiera darme una pista de dónde está?

—Ella nunca hablaba. Venía, se fumaba un cigarrillo conmigo y se iba.

—¿Hay alguien de la República Independiente del Pueblo que pudiera saber algo de ella? —Me preocupé de no olvidar ninguno de sus títulos.

—La República Independiente del Pueblo soy yo, señorita —dijo, y comenzó a buscar algo dentro de su bolso con ruedas.

Aguardé algunos minutos sentada junto a ella, pero la mujer seguía hurgando dentro de su bolso. Había olvidado por completo mi presencia. Volví a preguntarle por Biba, pero fue inútil, incluso después de despedirme y dejar el papel con mis señas sobre la banqueta, la mujer no levantó los ojos de su bolso, de donde ahora sacaba los más diversos y estrafalarios objetos.

Nunca volví a encontrar la República Independiente del Pueblo, de cuya existencia tal vez dudaría si no fuera porque me senté sobre un gigantesco excremento de paloma y llegando al departamento tuve que lavar mis jeans.

Won't be running from the rain when I'm gone

No huiré de la lluvia cuando me haya ido

Los siguientes días caminé por el barrio y sus aledaños, intentando encontrarles un sentido a tus mapas. Su inexactitud era tal que nunca sabía si había hecho el recorrido trazado y llegado al destino correcto. Era evidente que el asunto de los mapas no me estaba conduciendo a ningún sitio.

Los días se fueron entretejiendo unos con otros hasta que perdí la noción del tiempo. Supe que era domingo porque el aire estaba sumido en esa deriva, en ese aburrimiento doméstico que los caracteriza, y que entristece a los solitarios del mundo. El aburrimiento de una mañana en la cama con una taza de café, huevos revueltos y un hombre a tu lado que conoces de toda la vida y con quien ya no hablas. El aburrimiento de una cocina llena de trastos sucios donde la noche anterior se reunieron tus amigos a compartir sus hastíos. El aburrimiento de los que la vida ha mimado y tienen el vago ventral bien puesto.

Esa tarde, al volver, encontré sentada en el acceso al edificio a una chica con un abrigo naranjo. Intenté pasar, pero no se movió.

—Tú debes ser Lola, la hija de Biba. Te estaba esperando. Soy Cándida Robles, pero me dicen Candy.

—Ah —mascullé.

—Santiago Blanco me dijo que viniera a verte, por si necesitabas ayuda. Soy una de las actrices de la obra que estábamos ensayando con Biba antes de que desapareciera.

—Ah —repetí.

Debía referirse a la obra que habías escrito con John. Añoraba meterme a la cama y ver una serie, como según Black solías hacer cuando las cosas en tu vida no marchaban como debían. Pero la chica se me quedó mirando con tal ilusión que no tuve más alternativa que invitarla a pasar. Subimos juntas.

Candy se sacó el abrigo dejando al descubierto un cuerpo escuálido, enfundado en unos jeans que debían ser talla infantil. Sus rasgos, en cambio, tenían la sensualidad y el descaro de una adulta, boca amplia, cejas negras y unos ojos rasgados y verdes en los cuales más de un alma debió perderse. Me acompañó a preparar un té a la cocina y luego me preguntó si no me importaba que nos arrellanáramos en tu cama en lugar de quedarnos en la sala. Estaba agotada, me dijo.

—Ayyy, qué delicia —exclamó una vez que estuvimos allí. Se acomodó sobre los cojines y le dio un largo sorbo a su té—. Vengo del aeropuerto, no te imaginas el gentío que había.

—Ah —volví a decir. Al parecer ese «Ah» agónico era todo lo que salía de mi garganta.

Estábamos en tu cama, yo sentada contra el respaldo con las piernas encogidas y una taza de té entre las manos para absorber su calor, y ella recostada de medio lado con la cabeza apoyada en un brazo. Me contó que había dejado recién a los padres de su exmarido en JFK, después de haberlos recibido tres semanas en su minúsculo departamento, y estaba exhausta. Venían de Baja California. Eran unos inútiles y ella una estúpida por recibirlos.

—¿Tu exmarido? —me aventuré. Una vez más la conversación que debía versar sobre estrategias para descubrir dónde estabas tomaba otro rumbo.

—Se llama Álex. Está en la cárcel por drogas. Es un cabrón.

Se hundió un poco más en los cojines y se quedó con la vista clavada en el tazón de té, agitándolo suavemente.

Lo había conocido en Harlem, el barrio donde ella había crecido. Tenía dieciséis años y él treinta y siete cuando se liaron. Era un célebre traficante y estaba postrado de por vida en una silla de ruedas. Tenían droga y recorrían el barrio en un Impala azulino que ella manejaba con destreza. Lo ayudaba con las ventas.

—Me enseñó a jamás disminuirme ante nadie y a no temerle a nada. Nadie osaba ponerse en nuestro camino —dijo con una voz alegre, alada, que bruscamente mutó a una rabia feroz. Era una buena actriz, sin duda—. Hasta que el cabrón empezó a usar toda esa energía temeraria contra mí. No entiendo cómo me dejé maltratar de esa forma. ¡Estaba en una silla de ruedas, por Dios santo!

Una noche terminó con un corte que le atravesaba la cabeza y parte del rostro. Después de salir del hospital, vivió en un albergue dos meses. Cuando las heridas en su rostro dejaron de ser evidentes, se dedicó a ser mesera. Ahora trabajaba en un restaurante de *barbecues* llamado Uncle Bob, en la 125 con la 12.

—Podrías ir a verme. Si vas, te invito todos los tragos que quieras —me dijo alzando el rostro con una expresión angelical, casi implorante, que hacía desaparecer todo su desparpajo y sensualidad. Era impresionante lo que podía hacer con esa carita suya.

Un observador poco avisado podría haber pensado que éramos dos antiguas amigas. Pero si alguien miraba con atención, se hubiera dado cuenta de que yo estaba hecha un nudo, y era ella quien se desenvolvía con naturalidad, como si ese territorio, el tuyo, le perteneciera. Las imaginé a ambas, ahí mismo, surcando el aire con sus risas y sus gestos histriónicos, compartiendo un lenguaje común, signos ocultos, como lo hacen los miembros de una misma tribu. De una misma familia. Al pensar esto, sentí un zarpazo en el corazón.

—También tengo una banda. A veces el dueño nos permite tocar en el bar. Ahí conocí a Santiago Blanco. Después de escucharme, me ofreció un papel menor en una de sus obras. Fue Biba quien me enseñó lo que necesitaba saber para interpretarlo. Después de esa obra, ella decidió que yo sería la actriz principal de la suya.

Así que era eso lo que habías estado haciendo todos esos años, coleccionando desamparados. Tuve ganas de levantarme y dejar a tu actriz ahí, en tu cama, en tu cuarto, en tu vida. Intentando que mi voz no trasluciera mis sentimientos, le pregunté de qué iba la obra.

Me contó que estaba inspirada en la relación de Gabriela Mistral con su gran amor, Doris Dana. Ambas mujeres se habían conocido en el Milbank Hall de Barnard College, cuando Gabriela (se refería a ella en un tono irritantemente familiar) dio una conferencia en el departamento de español.

La escenografía de la obra estaba escindida en dos: a un lado estaba Gabriela en su casa de Xalapa escribiendo una carta que luego le enviaría a Doris, y al otro, Doris en su departamento de Manhattan, embriagándose. Gabriela tenía la certeza de haber encontrado el amor de su vida. Eran sus últimos años y estaba dispuesta a entregarlo todo por ese amor. Doris, en cambio, necesitaba hallar su sitio en el mundo, uno que no estuviera opacado por la figura omnipotente de la poeta.

Biba le había dado a Candy el papel de Doris Dana. Al principio le había parecido un personaje muy lejano, pero en los ensayos se había dado cuenta de que, a pesar de sus diferencias (Doris pertenecía a una familia aristocrática y Candy era nieta de inmigrantes cubanos de Harlem; a Doris le gustaban las mujeres y a ella los hombres; Doris tuvo una cultura vasta, mientras que ella apenas había terminado la secundaria), se identificaba con sus sentimientos. Ambas se sentían inadecuadas y buscaban desesperadamente un lugar de pertenencia. Biba le había hecho ver que debía construir su personaje a partir de ese sentimiento.

Candy se incorporó, cruzó las piernas y luego con voz solemne dijo:

—Al final, todos le tememos a las mismas cosas y es en ese miedo donde nos encontramos con los otros.

—¿Eso te dijo mi madre?

—Sí, eso exactamente.

Recordé que, en «El mundo del diluvio», tú me abrazabas y me repetías una y otra vez: «No temas, no temas, aquí estaremos bien». En nuestro mundo, te transformabas. Te volvías más humana. Tal vez el único lugar donde podías existir realmente, sin ansiedad ni descontento, era en tu imaginación.

—La obra está lista, de hecho, el estreno es en un par de semanas. Biba dejó todo organizado. La sala, la escenografía, los contratos, todo. No entiendo, de verdad no entiendo —dijo.

—Yo tampoco —musité.

—Hay un momento en mi texto... —dijo Candy, y se detuvo—. Siempre que lo ensayamos, Biba termina llorando.

—¿Qué texto? —pregunté. El interior de la habitación brilló de pronto tenuemente. Sentí un escalofrío.

Candy se levantó de la cama y se apostó contra la ventana. Afuera, tras la escalera de incendios, el viento agitaba el follaje del único árbol en el patio interior. Luego se sentó en la silla que estaba frente a la cama, con ambas manos sobre sus rodillas, y mirando hacia un punto en la pared comenzó a declamar:

—Cuando mis hermanas y yo entramos al salón, papá estaba sentado ante la chimenea con una Colt en la sien. Mamá estaba de cuclillas ante él. «Doris, haz algo», me dijo ella. Estaban borrachos. Con mis hermanas nos sentamos en el piso, contra la muralla, muy juntas. Mientras nosotras estuviéramos ahí, papá no apretaría el gatillo. Hasta que su brazo comenzó a temblar, luego su cuerpo entero. Dejó caer la pistola, se echó hacia atrás y cerró los ojos. Esa noche me hice el primer corte. No fue difícil. Papá dormía en el sopor del alcohol. Entré en su baño y con el filo de su rasuradora me hice un corte en el antebrazo. Vi la carne abierta. Una grieta que podía llevarme a ese espacio ignoto que era mi interior. Y mientras la sangre escurría de mi brazo y se abría en forma de rama sobre la bañera de mármol, una nueva tranquilidad me invadió.

—¿Y ese texto lo escribió Biba?

—Claro, el texto completo es suyo.

En un impulso, me subí la manga del sweater que llevaba puesto. No sé por qué lo hice, dejar al descubierto mi brazo izquierdo surcado por un sinfín de cortes, algunos con una costra reciente, otros, de un color violáceo pálido que atestiguaba su larga data.

—Eres tú.

—Tal vez. No sé —dije.

Yo no sabía que tú lo sabías. O tal vez no lo sabías, pero lo intuías. Me levanté y salí a la sala. Desde el patio se escuchaban los sones de otra rumba. Candy tomó su abrigo para partir.

—¿Tienes alguna idea de dónde pudo haberse metido? —le pregunté.

—Una vez me dijo que lo que ella hacía era natural y lógico, sin dobleces, y que siempre eran los otros quienes se hacían rollo.

—¿Qué quieres decir con eso?

—Tal vez Biba está en algún lugar muy obvio.

—¿Como cuál?

—No sé. La verdad es que en el último tiempo se veía un poco decaída, como las plantitas a las que les falta el sol. Yo creo que Biba necesitaba sol. Tú sabes cuánto odia la lluvia y cuánto ama la luz, el calor, el verano —dijo, y señaló el atardecer anegado que se asomaba por la ventana. Volvía a llover—. Yo creo que está en una playa tomando el sol y no nos lo dijo para que a nadie se le ocurriera detenerla.

—¿En una playa? —le pregunté—. ¿De verdad lo crees?

—Sí, eso creo. Tú sabes cómo es cuando se le mete una idea en la cabeza.

Así que era eso. Habías huido de la lluvia hacia la luz.

Pero más que tu absurda fuga en busca del sol, lo que ahora me mortificaba era la forma en que Candy hablaba de ti, como si te conociera tanto como yo debía conocerte. Lo cierto es que yo no tenía ni la más puta idea de cuánto odiabas la lluvia, ni los perros, ni las cucarachas, ni lo que fuera que odiaras o amaras. Todo en ti, aparte de nuestro diluvio, era ajeno para mí. Cuando partiste me negaste la posibilidad de conocerte. De compartir contigo esa vida que pudo ser mía. Mi vida robada.

Después de que Candy partió, miré el bonsái y me pareció alicaído. Si era luz lo que le faltaba, era poco lo que podía hacer. Lo llevé a la cocina, sumergí la maceta en agua y luego, como había visto hacer a mi padre tantas veces con los suyos, dejé que escurriera.

Cansada, me metí a la cama y apagué las luces. La noche estaba hecha de movimientos concéntricos, del fragor del tráfico, de bocinas, de voces y gritos lejanos, de estrépitos de lluvia.

Love not gone anywhere

El amor no se ha ido a ninguna parte

A la mañana siguiente fui a Morningside Park en busca del gran árbol y la banqueta que estaban dibujados en otro de tus mapas. Ese era sin duda el más preciso. Después de caminar alrededor de ciento cincuenta metros hacia el interior del parque, lo vi. Supe de inmediato que se trataba del correcto. Era un cerezo gigantesco que había botado todas sus hojas. Sus ramas rojizas se dibujaban contra el cielo gris. Me senté en la banqueta. Frente al cerezo había un castaño. Unos pájaros chirriando picoteaban sus frutos. Parecían desesperados. Recordé el poema de Gabriela Mistral que habías escrito en el mapa: *Va a esparcir en el viento / la palabra el perfume, de cien pomos de olores / al vaciarse.* ¿Qué querías decir? ¿Qué querías decirme? Recordé también la conversación de los estudiantes en el Hungarian Pastry Shop. De seguro tú habías estado ahí, quizás en esa misma banqueta, y en alguna parte, en medio de esos billones de momentos que flotaban en el espacio invisibles a mis sentidos, el tuyo debía estar respirando y agitándose. Me quedé un buen rato esperando alguna señal, pero lo único que presencié fue cómo en el noble tronco del cerezo se detenían a orinar los perros que pasaban ante él. La luz declinante hacía que el parque se volviera más extenso. Cansada de esperar que aparecieras ante mí en alguna de las múltiples dimensiones de la realidad, a las cinco de la tarde me levanté de la banqueta y caminé hasta el *subway*.

* * *

Junto a mí se subió un hombre joven de rasgos asiáticos, quien, en un inglés precario, contó a los pasajeros que en otra vida había sido un príncipe pero que en esta le había tocado ser mendigo. Tenía una sonrisa que revelaba una rara bondad, como si a pesar de sus paupérrimas condiciones estuviera agradecido de algo que no podíamos ver. Hablaba sin mirar a nadie y a la vez a todos, ante un cartel que, en lugar de publicidad, contenía un poema de Jean Valentine. Caminó con rectitud por el centro del carro con un sombrero extendido y un viejo morral de cuero cruzado en bandolera. Al llegar a la siguiente estación, con una reverencia y esa sonrisa que no parecía tener rencor, señaló el poema y en su precario inglés leyó la última frase: *Love not gone anywhere*, y luego se bajó con el sombrero vacío.

Una estación antes de llegar a la 125, se subió un joven indio vestido con pulcritud, pantalones color crema y chaqueta azul. Levantó la voz y en un bello inglés británico dijo que preparaba su disertación para recibirse de abogado y que padecía de pánico escénico, mal que debía superar para poder obtener su título. Tartamudeó, se detuvo, avanzó un poco más en su discurso y luego nos dijo que nos agradecía encarecidamente que lo escucháramos, que cada uno de nosotros estaba contribuyendo a las posibilidades que tenía de transformarse en un hombre al servicio de la comunidad. Todos quienes hacía unos minutos habían ocultado su repulsión ante el primer hombre tras sus celulares, ahora aplaudían. Se oyeron vítores. Luego se bajó. Imaginé que más de algún pasajero se planteaba la misma pregunta que yo: si el amor no se había ido a ninguna parte, ¿dónde putas estaba?

I had a flashback of something that never existed

Tuve un *flashback* de algo que nunca existió

Eran tan solo las seis de la tarde, pero yo ya estaba dentro de la cama con la cabeza bien cubierta por el plumón para no tener que ver los últimos estertores del día que solían sumirme en un estado de melancolía amorosa. Nostalgia de un sentimiento abstracto, pues para mí el amor era como recordar algo que nunca había vivido. Los vecinos del otro lado del patio ciego volvían a sus rumbas. Era la hora en que su entusiasmo caribeño se exacerbaba. Incluso podía escuchar a unas mujeres que cantaban a voz en cuello siguiendo la música. El único logro que había tenido en esos días había sido conocer a un puñado de narcisistas que me hablaban de sí mismos como a su terapeuta. Al menos había terminado la crítica de la novela y la había enviado al periódico. Había partido arrojando algunos elogios superficiales para no hacer pensar al lector que mi juicio era voluntariosamente lapidario, y luego, paso a paso, con la paciencia de una cirujana, lo había descuartizado. Había en las letras del autor una soberbia intelectual combinada con una total falta de talento que resultaban inaceptables. A vuelta de correo recibí un mail destemplado de mi editor, amenazándome con quitarme el espacio en el diario si no apaciguaba mis juicios. Ante mi rotunda negativa, terminó confesándome que el autor era amigo del director del periódico y que de publicarla saldríamos ambos perjudicados.

Escuché el timbre —un flojo pitido que se hizo paso entre los acordes de la rumba—. ¿Quién podía ser? Me levanté de un salto, me puse unos jeans y me jaloné el pelo a un lado y a otro.

En la puerta esta vez encontré a un tipo alto y flaco junto a una niña tomada de su mano. Ambos me miraban con una suerte de testaruda perplejidad. La niña, volviéndose hacia el hombre, le dijo algo en lengua de señas, y él le respondió de la misma forma. No cabía duda, se trataba de Simón Greenberg y su hija sordomuda. Así estuvieron unos segundos, comunicándose como si yo no existiera.

—Disculpa —dijo por fin el hombre—. Soy Simón y ella es Sarah, vivimos en el tercero. Qué gusto me da conocerte, Lola. —Sonrió—. Llevo ya un tiempo esperando este momento.

Llevaba una camisa gris cerrada hasta el cuello. Un cuello grueso que remataba en una cabeza de cabellera encanecida, a pesar de no aparentar más de cuarenta años. Sus jeans eran un par de tallas más grande que él y, colgados de sus caderas, parecían a punto de seguir de largo hasta el suelo. Pensé que quizás había perdido peso súbitamente y aún no lo notaba. Su semblante era atento y tranquilo, uno de esos rostros que, a pesar de los huesos prominentes y de los ángulos, inspiran confianza.

—Supe que llegaste a Nueva York hace algunos días. Me hubiera gustado poder recibirte, pero acabamos de llegar de Boston. ¿Podemos pasar?

La niña me miró con una sonrisa que me desarmó.

We've been out here the whole time

Hemos estado aquí todo el tiempo

Simón Greenberg había enviudado hacía dos años. Había logrado lidiar con la enfermedad y la muerte, por eso Biba confió en él de la forma rotunda en que lo hizo. Después de quedar viudo, Simón se mudó desde San Francisco a Manhattan, donde había nacido y crecido. Trajo consigo su pequeña imprenta de linotipia y se instaló en un departamento a unas pocas cuadras del de sus padres. De esa forma ellos podrían ayudarlo con su hija, ahora que no tenía madre.

Aunque lo cierto era que había educado a Sarah prácticamente solo. Su mujer, Rachel, había sido una connotada académica que pasó la mayor parte del tiempo dando conferencias en distintos lugares del mundo. De estudiante, Rachel había sido discípula de Kate Millet, cuando Millet ya era una octogenaria. De hecho, estaba con ella el día que falleció en París, un poco antes de cumplir los ochenta y tres años.

Me miraba sopesando el efecto que sus palabras tenían en mí, sin dejar nunca de vigilar los movimientos de Sarah, que a su lado jugaba con el celular de su padre en total silencio. Los gestos de Simón Greenberg eran pausados y sugerían firmeza de carácter.

Proveniente de una familia judía de Brooklyn, Rachel acuñó hasta sus últimas consecuencias el credo de Millet: «Lo personal es político», al punto de que muchas veces Simón no sabía si su matrimonio era real o un laboratorio donde las teorías de Rachel y otras académicas estaban siendo testeadas y analizadas. En ocasiones, tenía la impresión de que tras esos ojos pardos que lo observaban, había una cámara atenta a sus más mínimos gestos.

Rachel había extrapolado las teorías de Millet respecto al amor romántico. El amor, como entidad independiente de las partes, tiene sus propias leyes. Y una de ellas consiste en que, para sobrevivir, siempre debe estar en riesgo. ¿Qué era si no la historia de Tristán e Isolda, quienes después de huir juntos del rey se cobijan en el bosque y clavan como símbolo de su amor una espada entre ellos? Y bien que se había preocupado Rachel de clavar su espada entre ambos, tanto, que cuando enfermó él no se dio cuenta. Hasta que la enfermedad ya casi la había consumido.

Cada palabra de Simón Greenberg tenía un peso, se hundía en las sombras y luego emergía.

—Pero por favor, no quiero que te hagas una mala impresión de Rachel —me pidió. Sus ojos eran muy negros y en su fondo se dibujaba un óvalo felino que resultaba intrigante.

—No, no, por supuesto que no —dije, por decir algo. Lo cierto era que la impresión que estaba teniendo de su mujer no era del todo positiva.

Sarah se había quedado dormida con la cabeza sobre su regazo y Simón la acomodó sobre un cojín. Yo traje una manta del cuarto y él la cubrió. La niña exhaló unos ruiditos profundos, como si también su interior estuviera siendo arropado.

—Creo que he sido injusto —continuó—. Supongo que hay una parte de mí que aún no le perdona haberse ido. Era una buena mujer.

Pensé que debía pertenecer a ese exiguo grupo de hombres que no están tranquilos hasta tener la conciencia limpia.

—Cuando salía de viaje, le dejaba a Sarah un regalo y un mensaje para cada día de su ausencia, siempre envueltos en papeles de colores. Eran pequeños presentes: una cinta para el pelo, un sacapuntas, un globo terráqueo en miniatura, una lupa, y así. Pero lo significativo estaba en las notas que empezó a dejarle junto con sus regalos cuando Sarah —mucho antes que el resto de los niños— aprendió a leer. En esas notas, Rachel le hacía ver lo importante que ella era en su vida pero, sobre todo, le hablaba de los sonidos, ese universo cognitivo que Sarah nunca conocería. Era tal el esmero que ponía en representar lo que es prácticamente imposible de describir en palabras, que yo mismo, mientras las leía junto a Sarah, podía oír el ladrido de un perro, el agua que corría de una llave, el aceite centelleando en una sartén, el murmullo del pasto con el viento, unas manos aplaudiendo. Al punto de que, cuando llovía, Sarah se acercaba a la ventana de su cuarto, cerraba los ojos y se quedaba escuchando lo que su madre le había enseñado a oír sin oír. A mí también me dejaba notas. Eran textos que representaban su ser más profundo. A Rachel le resultaba más fácil existir desde la distancia. Cuando estaba con nosotros, a pesar de sus esfuerzos por ocultarla, se colaba su inquietud. El mundo estaba allá afuera, tras las cuatro paredes de nuestro departamento, y ella necesitaba observarlo.

En el fondo de sus pupilas seguían estando esos dos óvalos felinos. Me pregunté qué ocultaban.

—Después de enfermar continuó con sus viajes, por eso me fue aún más difícil descubrir lo que le ocurría. Era usual que llegara exhausta y durmiera doce horas; las llamaba sus «curas de sueño». Con Sarah habíamos aprendido a respetarlas. Pero luego no eran doce horas, sino un día o dos, en los cuales apenas comía. Despertaba aún más debilitada. Luego partía a la universidad, o eso decía, porque ya había comenzado a ir al hospital a sus radioterapias. La enfermedad avanzó rápido. En tres meses su cuerpo era una guirnalda de luces. Así lo describió ella cuando por fin me contó, después del último escáner que le hicieron. Su cuerpo estaba invadido de tumores. La decisión la tomó ella, como todo lo que había hecho en su vida. Y una vez que estuvo tomada, no hubo forma de disuadirla. La acompañamos a Zúrich a la fundación Dignitas, sus padres, Sarah y yo. La noche antes, cenamos en un restaurante frente al río. Rachel le entregó a Sarah un cuaderno de cien páginas, en las que había reproducido los sonidos que, a lo largo de la corta vida de Sarah, ella le había revelado. También otros, decenas de otros, a los cuales Sarah se enfrentaría más tarde en la vida, como el sonido del amor. De vuelta en Nueva York, arrojamos sus cenizas en el Hudson, frente a Brooklyn. No podíamos enterrarla en el cementerio judío, como hubieran querido sus padres.

—Es ahí donde partió mi madre, ¿verdad?

Me levanté y me acerqué a la ventana. En el último estertor del día, el viento arrojaba nubes contra las siluetas oscuras de los edificios, como trozos de telas hechos harapos.

—¿Por qué piensas eso? —me preguntó con cautela.

—Dijiste que la confianza de mi madre en ti nació por la forma en que tú habías lidiado con la muerte. Además, algunos de sus amigos me dijeron que la habían visto mal.

—Así es —afirmó.

Me cubrí la cara, estremecida. Me flaquearon las piernas. Sentí un estallido en mi pecho. Apreté las manos con fuerza hasta el dolor. Tenía que escapar de ese sentimiento de indefensión y tormento.

Pero también sentí alivio.

Alivio de que tu ojo vigilante ya no estuviera puesto sobre mí. Qué extraño y monstruoso puede llegar a ser el amor filial.

—Después de que le conté de Rachel, Biba supo que haría lo mismo, y al igual que a mi mujer, nadie podría detenerla. Me dijo que su cáncer avanzaba a pasos agigantados. Le pedí mil veces que me diera las señas de sus hijos, de tu padre, de alguien que la acompañara, yo mismo me ofrecí a ir con ella, pero no hubo caso. Quería hacerlo sola. En su soledad estaba su fortaleza, decía. Cualquiera que la acompañara haría que la situación se volviera un drama. Y para ella no había ningún drama. Estaba aliviada de no tener que seguir combatiendo los estragos del tiempo, la vejez que se ensañaba con ella. «El contenedor ya no representa la que soy», decía. Su cuerpo era un lastre que acarreaba sin ningún deleite, sin ninguna recompensa. La vida le había dado la oportunidad de desaparecer de escena antes de que el teatro se viniera abajo, y ella la tomaba con gusto. La ayudé a deshacerse de sus cosas. Todas fueron donadas a instituciones y personas que las necesitaban. No quería, me dijo, que después de partir llegaran los cuervos a indagar en su vida.

—¿Y sus cenizas?

—Están ahí —dijo señalando el bonsái—. Dentro del cántaro de greda, bajo la capa de tierra está su urna.

—Has estado aquí todo el tiempo —te dije en un susurro, mientras afuera volvía a llover.

Me sentí perdida viendo cómo se alejaban mis certezas más elementales. Hasta hacía unos momentos tenía la seguridad de que respirabas en alguna parte, aunque yo no pudiera verte. Y ahora estabas ahí, a un palmo de mi mano, convertida en cenizas.

—¿Estás bien? —oí que me preguntaba Simón. Estaba frente a mí, junto a la ventana. Extendió la mano y rozó mi mejilla. Fue un gesto minúsculo que agradecí.

—De alguna forma lo intuía, ¿sabes? —le dije cuando pude volver a hablar.

—¿Verdad?

Le conté de los mapas que estaba segura me habías dejado para que yo los siguiera y en sus senderos encontrara algo. Algo de ti o acaso de mí.

—¿Qué encontraste? —me preguntó con su expresión penetrante, focalizada en los ojos, como si con ellos buscara alivianarme el camino.

—Por ahora solo confusión —musité.

Mi vida era un paisaje fracturado en dos. A un lado habías quedado tú, mi infancia, mi añoranza de ti, mi rabia silenciosa, también mi fantasía secreta de ser yo quien te encontrara, de volverme por fin la heroína de tu historia; mientras que al otro lado se extendía un espacio sin contornos, ignoto, que tendría que comenzar a recorrer.

Atónita, se me escapó una risa breve. Simón también rio. Me gustó que lo hiciera. Nuestras voluntades se aunaban para sobrevivir.

—El departamento es tuyo y de tu hermano. Lo dejó a nombre de ustedes.

Nos quedamos en silencio escuchando el sonido del agua que se estrellaba contra la ventana. La realidad se hizo voluble y misteriosa como una barcaza internándose en la bruma.

Había en tu acto algo temerario y heroico. Habías decidido ir a buscar la muerte con tus plenas facultades antes de que esta te encontrara en un estado de indignidad. Esa eras tú, sin duda.

Cuando Sarah despertó, Simón la envolvió en la manta y la tomó en sus brazos. Noté que le sonreía como solo se le sonríe a quien conoces a fondo y amas. Tú me habías sonreído así alguna vez.

Sometimes when I look at you,
I feel I am gazing at a distant star

A veces, cuando te miro, siento que estoy observando una estrella distante

Un par de días después Simón Greenberg me invitó a conocer su pequeña imprenta de linotipia. Estaba a unas quince cuadras de nuestro edificio, frente al Apollo Theater en Harlem. Ya no llovía, y un tímido sol se asomaba por sobre los altos edificios, tan imponentes y a la vez alicaídos que inspiraban temor y compasión en partes iguales. Después de la larga sucesión de días lluviosos, una hierba de intenso color verde se erguía en los jardines donde los habitantes cultivaban sus pequeñas huertas de ciudad.

Mientras caminábamos, no dejaba de pensar en ti. Tú que siempre habías sido consciente de las bondades de tu cuerpo, de tu consistencia diamantina, eras ahora un puñado de cenizas bajo el tronco mutilado de un árbol. Tú que me habías llevado hasta ahí —hasta Manhattan, hasta tus amigos, hasta Simón Greenberg—, sin permitirme una redención. Añoré nuestro mundo del diluvio. Pero no era un dolor afilado e inequívoco el que sentía. Era más bien la impresión de que algo precioso se había despilfarrado entre nosotras y yo no había hecho nada por impedirlo.

Al cabo de un rato, Simón me pidió que le hablara de mí. Caminaba con soltura, con un cierto aire mundano que no calzaba con su seriedad. Era al menos una cabeza más alto que yo. Quería saber dónde vivía, qué hacía exactamente, cuáles eran mis planes. Al parecer, me había llegado el turno de hablar. ¿Quería hacerlo? No estaba segura. Después de haber escuchado esas últimas semanas a un puñado de almas buscando desesperadas narrar sus historias, me había dado cuenta de que era un ejercicio vano, pues mientras más las repetías, más se anquilosaban y más atrapada quedabas en ellas. No. Yo no sería una de esas almas. Me largué a reír.

—¿De qué te ríes? —me preguntó Simón empequeñeciendo los ojos.

Mantuvo la sonrisa, dándome a entender que continuaba escuchándome. Vi otra vez los óvalos felinos de sus ojos y volví a preguntarme qué ocultaban.

Le conté de mi experiencia de las últimas semanas. Le hablé de Helen y la peluca que arrojó por la ventana y que se perdió en la noche, de Black y las escaleras de la Biblioteca Butler, de Candy y su marido que la tiranizaba desde su silla de ruedas, de John el destripador de mujeres, y del fugaz McCuller.

—Eres notable, Lola —me dijo Simón Greenberg y movió la cabeza a uno y otro lado, como si lo mío fuera irremediable.

Yo, ¿notable? Dios.

Noté la gran altitud pálida del cielo después de la lluvia, los trinos de pájaros, y en el fondo la soledad que se extendía desde mi pasado y que cedía imperceptiblemente.

Fue en ese preciso instante que lo vi. Estaba sentado en la acera con la espalda apoyada en un muro, las piernas cruzadas, las manos sucias y enrojecidas por el frío descansando una sobre la otra en su regazo. Era el hombre que se había subido al metro. En un impulso me detuve, me acuclillé ante él y le dije:

—El amor no se ha ido a ninguna parte.

—Te recuerdo —respondió.

—¿Verdad?

—Sí, en el metro. Llevabas un abrigo que te quedaba grande.

¿Recordarme a mí? Sentí vergüenza. Al igual que el resto de los pasajeros, yo tampoco lo había ayudado.

—Íbamos camino a tomarnos un café, ¿quieres acompañarnos? —inventé. Había un boliche justo al otro lado de la calle. Por alguna razón, no quería seguir de largo, la suya era una historia que quería escuchar.

—Estaría muy feliz de compartir un café con ustedes, pero no ahí dentro. —Levantó el brazo e indicó la cafetería.

Simón y yo nos miramos desconcertados.

—Podemos ir a comprarlos y los traemos aquí —dijo Simón señalando con entusiasmo el rincón del hombre como si se tratara del lugar más acogedor del mundo.

—Me parece muy bien, si no es mucha la molestia.

—Será un placer —dije.

—Me llamo Sokun, mucho gusto.

—Él es Simón y yo Lola —nos presenté extendiéndole la mano.

Al cabo de un rato estábamos de vuelta en su reducto con tres cafés y tres muffins de arándano. Sokun sacó una pequeña alfombra deshilachada y sucia de su morral, la extendió en el piso para que nos sentáramos y sonrió con esa expresión plena que había notado ya en el metro.

—Esto está magnífico —dijo mientras comía de a pequeñísimos bocados el muffin y le daba sonoros sorbitos a su café sin dejar de sonreír.

Como siempre, esperé a que él empezara a hablar. Así lo hacían los demás. Se sentaban y hablaban. Pero Sokun guardó silencio y siguió comiendo sin apuro ni ansiedad, con la mirada amorosa y atenta puesta en nosotros, como si nos contemplara desde un lugar al que secretamente nos invitaba a entrar.

Simón y yo lo imitamos. Sentados en la acera seguimos comiendo en silencio, saboreando cada bocado, tan gustosos como Sokun. De tanto en tanto, Simón fijaba sus ojos en mí y yo intentaba descifrar el calor secreto de su mirada.

Pensé que Sokun era de verdad un príncipe, o tal vez un monje, uno de esos que en Asia salen por la madrugada con una vasija a pedir alimentos en sus pueblos y luego se retiran a sus rincones a meditar. Tal vez Sokun simplemente estaba desplazado de geografía, y en lugar de estar allá, estaba aquí, en el corazón de Manhattan. Seguí pensando, intentando adivinar la historia de Sokun, pero al cabo de un rato no pensé más y me dejé llevar por el latir de ese momento. ¿Era el corazón de Sokun el que latía?

Tuve la impresión de estar en un lugar de una sola dimensión. Nuestro entorno se desvaneció. La calle, los transeúntes que nos miraban curiosos y luego continuaban apurados haciendo resonar sus pasos en la acera, los coches con sus destellos y sus bocinas, el frío y la humedad, el cielo encapotado y los aviones que lo surcaban, los vagabundos con sus bolsas de plástico y los niños que de la mano de un adulto intentaban mantener el paso. Todo se alejaba como si nos hubiéramos subido a una estrella y desde la distancia emitiéramos una pálida luz. Así me sentí junto a Sokun y Simón Greenberg esa mañana.

Remember

Recuerda

Un par de meses después, cuando el invierno ya había remitido, reuní en Morningside Park, frente a la banqueta y el cerezo, a tus amigos para recordarte. El cerezo había comenzado a florecer y resplandecía con la luz de la incipiente primavera. Bandadas de pájaros ribeteadas de un halo luminoso atravesaban el cielo. Unas pocas nubes se movían despacio, haciendo que el parque mutara entre la luz y la sombra. La temperatura era suave y sosegada. A unos metros de nosotros, un jardinero con un mono verde cavaba hoyos en la tierra en los que luego introducía unos voluminosos bulbos.

Papá y José no quisieron asistir. Dijeron que tú les habías hecho más mal que bien en la vida y que si habías decidido irte sola, entonces que así fuera hasta el final. Me pareció justo. Black contó cómo lo salvaste de una vida miserable, habló de tu humanidad y tu coraje. De tu libertad. Helen Mitchell te reprendió por no haberle anunciado tu salida, no porque le pareciera una mala opción, aclaró, sino porque no le habías dado tiempo para encontrar la suya junto a ti. John no paró de llorar, pero aun así se las arregló para decir algunas palabras. Langton McCuller apareció con un joven y guapo actor cogido del brazo, que provocó en Santiago y su marido una suerte de trance de gestos y risitas cómplices. Candy recitó un pasaje de tu obra con un histrionismo un poco exagerado, pero que a ti probablemente te hubiera gustado. También te agradeció que me hubieras traído a sus vidas, lo que suscitó un entusiasta aplauso y mi necesidad imperiosa de desaparecer. Sokun prendió inciensos y cantó melodías sagradas. Nos había traído a cada uno un pajarito que él mismo había trenzado con hojas del parque. El de Sarah era más grande y le había prendido una flor. Cuando llegó su turno, Simón permaneció en silencio. Todo aquello tenía para él un peso que los demás jamás entenderíamos. Él y yo nos habíamos tomado de la mano. Era dulce su contacto, sólido. También esperanzado. Un milagroso resquicio de esperanza que sobrevivía a la experiencia de la pérdida.

Después de que arrojamos tus cenizas al viento —como lo habías señalado en el mapa con el poema de Gabriela Mistral— y el último vestigio de tu existencia física desapareció, Simón me estrechó. En su abrazo sentí que algo muy profundo se apaciguaba en mí. Como si una parte de mi ser hubiera comprendido de pronto algo que mi mente aún no lograba descifrar. Recordé la conversación de los estudiantes en el Hungarian Pastry Shop. Una nueva dimensión de realidad se abría ante mí. Pero ¿por qué para expandir la mirada necesitábamos tanto dolor? Debía haber otro camino. Fui yo ahora quien estrechó a Simón, fuerte, muy fuerte, y él, sorprendido, me besó.

Sarah nos regaló unas palabras en su lengua de señas, y su abuela las tradujo para nosotros: «No olviden que todo tiene un sonido, incluso la ausencia».

Eso dijo.

Todas las fotografías fueron tomadas por la autora entre septiembre de 2018 y octubre de 2019 en Manhattan.

Este libro se terminó
de imprimir en
Barberà del Vallès, Barcelona,
en el mes de
marzo de 2025